NUMERI PRIMI

DARIA BIGNARDI

UN KARMA PESANTE

MONDADORI

Questo libro è un'opera di fantasia. I luoghi citati sono reali e hanno lo scopo di conferire veridicità alla narrazione. Qualsiasi analogia con fatti realmente accaduti e persone, vive o scomparse, è assolutamente casuale.

www.librimondadori.it - www.numeriprimi.com

Un karma pesante
di Daria Bignardi

ISBN 978-88-6621-014-6

I edizione Scrittori italiani e stranieri ottobre 2010
I edizione NumeriPrimi° settembre 2011

UN KARMA PESANTE

a Luca

The way we are living,
timorous or bold,
will have been our life.

SEAMUS HEANEY, *Elegy*

1

Sono a novemila metri di altezza e sto morendo. L'aria si blocca dentro al petto, non va giù. Ho il fiato mozzo e un macigno sul petto. Soffoco. Da due giorni respiro male. Pensavo fosse ansia: è un periodo di centocinquanta cose insieme. Invece sto morendo soffocata.

O è un infarto?

È iniziato quando il comandante ha detto di allacciare le cinture per una turbolenza. Era mezz'ora che mi scappava la pipì ma mi dispiaceva svegliare Pietro che dormiva. Mi sono decisa, l'ho scavalcato e ho camminato fino in fondo al corridoio, barcollando per gli scossoni. Al ritorno sudavo. Mi sono seduta in fretta nel posto libero accanto a Pietro e l'ho chiamato battendogli un dito sulla clavicola: «Parlami. Prova a distrarmi. Sento che mi sta venendo qualcosa».

Comincio a piangere e lui mi stringe la mano cercando argomenti: «Come si chiama il tedesco che devi vedere a Taormina per il film?».

Pietro pensa che solo il lavoro mi distragga, ma io sto morendo, non respiro più. Ansimo e piango, con la faccia schiacciata contro la sua spalla. Arriva una hostess e sento che le dice: «Ha mal d'orecchi», per proteggere una privacy della quale non mi importa più niente, dal momento che sto morendo. Singhiozzo più forte mentre ascolto la mia voce chiedere aiuto piano, ma non abbastanza perché i vicini dall'altra parte del corridoio non domandino a Pietro cosa sta succedendo. Non vedo niente ma sento tutto amplificato.

«Quanto manca?» biascico.

Pietro risponde: «Pochissimo», e mi stringe la mano più forte. Mi fanno davvero male le orecchie adesso – malissimo –, ma è niente in confronto al senso di oppressione che mi schiaccia il petto.

È un infarto, ho capito. Devo sdraiarmi per terra. Devo provare a respirare. Faccio per alzarmi ma sono paralizzata. Il sussulto del carrello che sbatte sulla pista di atterraggio mi riscuote, ma ormai è troppo tardi.

Muoio.

2

Pietro mi fa alzare prendendomi sotto le ascelle, non riesco a camminare. Mi aggrappo alle poltrone del corridoio, che non finisce più. Non eravamo seduti alla fila dieci? Non vedo niente e nessuno, so solo che devo sdraiarmi e respirare a fondo, se no muoio. Sento che qualcuno mi supera, voci confuse, non distinguo nulla.

Pietro poi mi dirà di avermi trascinata fuori dal finger finché sono crollata con la testa tra le braccia su un banco, accanto ai carabinieri, ma io non ricordo niente. A un certo punto ero dentro all'infermeria dell'aeroporto, sdraiata su un lettino, e una dottoressa bionda con l'accento siciliano chiedeva a Pietro di che malattie soffro.

Ho detto a Pietro di chiamare sul cellulare il mio ginecologo: ieri ho avuto la solita emorragia mensile, forse c'entra con quel che mi sta capitando. Il ginecologo si chiama Angelo, mi conosce da sempre: è lui che ha fatto nascere le bambine. Consiglia a Pietro di fare subito un emocromo per togliersi il dubbio che sia anemia grave: i sintomi sono simili. Si fa passare la dottoressa, che dopo aver riattaccato dice: «Se il fibroma è così grosso è meglio togliere l'utero, se no rischia un'anemia brutta. Le emorragie debilitanti sono, si tenga controllata. Pi' mia, il suo, attacco di panico è».

Arriva un altro medico con una polo blu che mi misura la pressione: «Sta risalendo», e poi sussurra: «La collega non l'ha riconosciuta».

E quando me l'avevano misurata, prima, la pressione? Sto meglio, il terrore sta passando, ma non ho la forza di alzarmi in piedi. Arriva una sedia a rotelle e il medico con la polo blu mi ci fa sedere. Pietro mi spinge fino ai taxi, fuori dall'aeroporto. Mi aiuta a salire su una macchina bianca e dà l'indirizzo del pronto soccorso dell'ospedale Santo Bambino. Suo padre gli ha mandato il numero di un collega che ha un figlio che lavora lì. Il taxi ci lascia davanti all'entrata. Altra sedia a rotelle.

Mi portano in una sala d'attesa quadrata, piena di donne, nonni e bambini. Mi accascio con la testa sul petto: non ho forze, ma sto meglio. Ho ripreso a respirare. Di fianco a me, un signore anziano apre un pacchetto di rosticceria e porge un grosso arancino al ragù a un bimbo di quattro o cinque anni. Penso che è la prima volta che vedo un arancino al ragù e non ho voglia di dargli un morso.

Arriva un'infermiera bruna e sbrigativa, con un camice azzurro. Si capisce che non le piacciono i raccomandati, ma mi accompagna in una camera a due letti aprendo la porta dal maniglione antipanico con il gomito. Mi fa sdraiare su un letto. Chiede i miei dati mentre prepara la siringa per il prelievo. Quando sente il nome alza la testa, mi guarda e dice: «La regista? Ho visto *Torno presto* con mia sorella, un Natale. Come si sente adesso?».

Meglio. Sto meglio. Sfinita, ma la paura sta passando, e respiro. Ora sono certa che è stato un attacco di panico come ha detto la dottoressa bionda in aeroporto, che non ho niente, ma allungo il braccio destro indicando l'incavo: «Guardi, c'è un punto solo, lo metta qui». Dopo il prelievo mi chiede se voglio qualcosa. È diventata gentile.

«Un caffè dal distributore?» provo.

«Ora glielo porto. Stia sdraiata dieci minuti.»

Nel letto di fianco al mio è seduta una ragazza alta. Mi dà le spalle. Ha i capelli lisci e neri lunghi fino alla vita: non la vedo in faccia ma la immagino triste e bella. Una dottoressa le fa una carezza sul viso: «La prossima volta andrà meglio». Intuisco che ha perso il bambino.

È successo anche a me, anni fa, in un pronto soccorso di Milano identico a questo. Quando la dottoressa esce vorrei dirle qualcosa, ma lei non si volta e capisco che non ha voglia di parlare con me.

Dopo un quarto d'ora arriva il figlio del collega di mio suocero, in jeans e camicia azzurra. È sorridente e dice che l'emocromo va bene.

«12,1. L'ho già detto a suo marito. Sopra il 12 può star tranquilla.»

Stretta di mano. Grazie, grazie. Io lo sapevo, però. Saluto l'infermiera ormai gentilissima e scendo dal letto, da sola, finalmente. Spingo la porta antipanico in fondo al corridoio. Nella sala d'attesa esterna c'è Pietro che beve una Coca-Cola del distributore e parla al cellulare. Quando ha finito dice: «Ho riferito ad Angelo i valori dell'emocromo, sono buoni».

«Ha detto che sono pazza?» chiedo.

«No.»

E mi mostra l'sms del mio ginecologo: "È stressata, stanchissima e rompicoglioni".

3

Strappo la busta gialla.

I risultati sono dentro una cartellina trasparente. Scorro in fretta le pagine segnate da asterischi fino alla conclusione: "Stress index 250,2 in clinostatismo e 139,1 in ortostatismo. Il quadro generale indica un elevato grado di stress protratto tanto a lungo da ridurre in maniera potenzialmente allarmante le riserve cognitive, emotive e fisiche dell'organismo".

Non c'era bisogno di fare un check-up per saperlo. Sono esaurita, da mesi.

Lo so che lavoro troppo. Sono vent'anni che lavoro troppo, ma quassù sembra non esserci altro modo: o troppo o troppo poco. O tutto o niente.

Mi piace il "tutto o niente". Fosse per me vivrei così. Ma tutto o niente vale soltanto nei sogni degli adolescenti, dei mistici e dei pazzi. Perciò me lo concedo solo sul lavoro, dove posso rompermi la schiena sul set e perdere il sonno in montaggio senza che nessuno abbia da ridire, anzi.

C'è un'impresa che campa sulla mia ossessione. Un indotto e stipendi che ruotano intorno alla mia mania. Fossi nata vent'anni prima, finivo terrorista o chissà che altra integralista testa di cazzo, ma quando avevo diciotto anni io, le strade per chi aveva il mio carattere erano due: fare la punk o la manager.

Ho scelto la prima, e stavo per morire.

Quella era la filosofia: meglio bruciare in fretta che spegnersi lentamente. E si brucia davvero in fretta, più in fretta di quanto possiate immaginare. Anche facendo carriera si brucia, ma più lentamente: le braci ardono per anni prima di consumarsi del tutto.

Così, invece che una punk morta, oggi sono una regista, viva. Forse avete sentito parlare di *Torno presto*. Non è il mio miglior film, ma ha avuto successo. Io preferisco *Ore felici* e *La ragazza morta*. Con *La ragazza morta* ho vinto un premio internazionale, e adesso i produttori mi chiedono sempre la stessa storia. Quella di *Torno presto*.

Sono viva, ma stressata. E rimbambita. Io non ce l'ho il fisico per fare tutto. "Tutto" si fa per dire: figlie e lavoro. Ci sono molte cose che ho trascurato, nella vita. Cose importanti: bellezza, armonia, amore.

Non sono sempre stata così, da bambina ce l'avevo un centro. Da sola stavo bene e con gli altri la risolvevo a parole. Se loro correvano più forte, io parlavo meglio. Partivo bene. Fino a che non ho letto Sologub.

4

Ho tredici anni, faccio la terza media. Sono già io. Al mattino esco di casa in anticipo per andare a scuola a piedi. Mi piace svegliarmi presto e camminare. Penso. Penso alla vita e al mio futuro, mi sento che sarà intenso e bello. Lo covo nella pancia, come una palla di luce.

Cammino sul marciapiede, osservo i platani in mezzo al viale. Mi piacciono i platani, hanno il tronco splendente.

A scuola non mi diverto e non mi annoio. I professori sono insulsi, i compagni incolori. Tutto mi viene facile, vivo di rendita e aspetto il liceo. Aspetto anche le mestruazioni: sono venute a tutte le mie compagne tranne che a me. Non che mi dispiaccia, ma ne sono curiosa. Quando mia madre si preoccupa la prendo in giro: «Non mi vengono perché sono un maschio, mammina».

Lei inveisce, ma le scappa da ridere.

Il pomeriggio vado in parrocchia. Ci troviamo in sei o sette su una panchina di fronte alla chiesa. Parliamo.

Il più bello della compagnia, Sergio, un pomeriggio che piove mi chiede di diventare la sua ragazza.

A me Sergio non piace, ma non mi azzardo a dire no. Mi accompagna a casa tenendomi per mano. Sono a disagio, ma so che è una trafila da seguire. Sopporto. Sergio è bruno, abbronzato e campione regionale di scherma. Io sono indifferente a ogni sport. Non sappiamo che dirci, ci teniamo per mano.

A una festa di compleanno balliamo allacciati *He* dei Today's People e sento una cosa dura che mi preme addosso. Non so cosa sia, ma istintivamente ci strofino la coscia e a lui vengono le orecchie viola.

Un sabato pomeriggio Sergio mi invita a casa sua. Nel garage mi spinge contro il muro e mi mette la lingua in bocca. La lingua molle e bagnata mi fa senso, ma resisto. Però Sergio mi annoia, e piuttosto che uscire con lui passo i pomeriggi in casa a leggere i romanzi dei miei genitori, fingendo di studiare.

Un giorno pesco dalla libreria un tascabile impolverato. S'intitola *Il demone meschino*, l'autore è un certo Fëdor Sologub.

Ciò che accade con quel libro è un mistero.

Il protagonista è un professore russo di fine Ottocento, mezzo alcolizzato, ossessionato dal veleno. Si chiama Peredonov.

Chiusa in camera mia, brucio profumi dentro a una bomboniera di peltro per vedere se l'Inafferrabile, il demone che si materializza davanti a Peredonov dai fumi dell'incenso, apparirà anche a me. Prendo una bustina di polvere bianca dal Piccolo Chimico e la nascondo nel portafoglio. Non so perché lo faccio. Seguo un istinto. Gioco alla droga.

Scoprire che esistono sostanze allucinogene, come l'antimonio e l'aconito di cui parla Peredonov, mi esalta. Forse ho scoperto il male, e mi rassicura: anche altre persone provano sentimenti meschini, non solo io. Se Antonella, la cicciona della classe, mi irrita, forse non sono cattiva, se Sergio, che è considerato il bello della compagnia, a me non piace, non sono anormale. Peredonov fa di peggio: è razzista, invidioso, inganna la fidanzata, è malvagio, vede il diavolo, eppure è un rispettabile insegnante di scuola.

Prima di Sologub, solo l'erbario mi aveva appassionato così tanto.

Non ne parlo a nessuno, ma tanto nessuno conosce Sologub. Scopro che *Il demone meschino* è stato il suo unico successo. Che ci ha messo dieci anni a scriverlo e altri cinque a pubblicarlo. Ed è stato la sua croce: i comunisti sovietici, tanto *Il demone meschino* era morboso, trattarono Sologub da scrittore degenere, traditore del proletariato. Lo perseguitarono al punto che sua moglie Anastasija, un inverno, si gettò nella Neva.

Il corpo fu ripescato in primavera, al disgelo, ma Sologub si rifiutò di credere che Anastasija fosse morta, e continuò a mettere il piatto in tavola anche per lei.

La mia vita sarebbe stata la stessa se non avessi letto *Il demone meschino* a tredici anni?

Forse i comunisti sovietici avevano visto giusto.

Un pomeriggio mi ubriaco di Batida de Coco in camera mia, con una compagna di classe, e vomitiamo dalla finestra.

Mio padre ci scopre, perquisisce la stanza e trova la polverina del Piccolo Chimico. Non dice niente: forse capisce che è bicarbonato, forse è troppo timido per parlarmi. Per dirmi cosa, poi? Non si vomita dalla finestra?

Il mattino dell'esame di terza media mi vengono le mestruazioni. Vado a scuola con un grosso assorbente che bascula tra le gambe e mi macchio le mutande. Alla prova di disegno dipingo un deserto con una pietra in mezzo.

"C'era una pietra nel mezzo del cammino / nel mezzo del cammino c'era una pietra". Ho già letto quella poesia di Carlos Drummond de Andrade? No, ma la presagisco.

5

Io sono nata che Luca era in prima elementare.

«Primo novembre: neanche il tempo di abituarsi alla scuola che si è dovuto abituare a te» lo difendeva nostra madre.

Luca dice di sé di essere uno che sa incassare, e di me che ero decisionista già a due anni. "Decisionista" è un aggettivo antipatico, l'ha scelto con cura.

«Sei sempre stata così sicura di te» mi ha detto l'altro giorno al cimitero. Ci andiamo insieme ogni volta che vengo a Verona, quasi mai.

«Sicura io? Ma dove, quando?»

Non è il primo che lo dice, so di sembrarlo. Ma lui dovrebbe conoscermi, cazzo: è mio fratello.

Ho sempre legato più con i fidanzati di Luca, che con lui.

L'ultimo si chiama Santino, e l'ha salvato.

Luca ha il pallino dei soldi, ma non ne ha mai combinata una giusta, solo traffici sbagliati. Ha venduto case, pentole, assicurazioni, scarpe da ballo e vino. Si è laureato in Economia e Commercio a trent'anni, con il minimo dei voti. Roba che non puoi neanche mandare un curriculum, perché le aziende ti ridono in faccia.

Poi, dopo cento storielle – persino con un collega di nostro padre, uno sposato –, si è innamorato. Di Santino, che aveva diciott'anni ed era appena arrivato a Verona da un paesino sul Gargano, ottavo di dieci figli in una famiglia contadina, di quelle di una volta, con i valori.

I fratelli di Santino si chiamano Felice, Fortunato, Domenico, Nicola... e sono tutti laureati. Nove fratelli avvocati, dottori, ingegneri a Bari e lui, parrucchiere a Verona.

Santino è colto, gentile e attento agli altri: il contrario di Luca. E fortunato: ha la fortuna dei buoni. Il parrucchiere da cui lavorava gli ha proposto di entrare in società nella sua impresa di parrucche da uomo, di quelle fisse e invisibili fatte di capelli veri.

Santino ha accettato: «Basta che Luca diventi direttore generale».

Il parrucchiere se l'è preso e ora tutti e tre fanno un sacco di soldi con le parrucche di capelli spagnoli. Santino è il direttore dello stile e fa dei tagli così belli e moderni che le loro parrucche sono famose in tutto il mondo.

Mi ha raccontato che tra i loro clienti ci sono uomini sposati le cui mogli non sanno che il marito è pelato. Io non ci crederei, ma se lo dice Santino è vero.

Ormai stanno insieme da dodici anni, più di Pietro e me. Abitano in piazza delle Erbe, con la gatta Hatshepsut I, detta Prima. L'hanno presa al ritorno da un viaggio in Egitto e le hanno dato il nome del faraone donna. E come un faraone la trattano: Prima ha un letto tutto per sé.

Quando ero ragazza, Luca mi evitava. Non abbiamo mai parlato della malattia di nostro padre.

«Vedevo che stavi male e non sapevo cosa fare» mi ha detto al cimitero, mentre cambiava l'acqua ai fiori. «Io non lo so cosa fare quando uno sta male. Prima la cosa del babbo, poi tu. Cavolo... mi avevano persino chiamato i carabinieri.»

«Per dirti cosa?»

«Te lo puoi immaginare: che facevi casini.»

«Ti chiamano i carabinieri per dirti che tua sorella piccola è nei guai e tu non fai niente?»

«Mi sono vergognato, cazzo, non è che non ho fatto niente, Eugenia.»

Luca è così. Ma è mio fratello, e gli voglio bene.

6

Esco dalla stazione del metrò trascinando la sacca di gomma rossa con i pallini in bassorilievo, l'ultimo acquisto sbagliato. La sacca è brutta e scomoda, ma la gomma a pallini è una novità, nel 1983.

E per me quello che è nuovo è bello.

È ottobre, ma c'è già un freddo invernale. È la prima volta che vengo a Londra. Ho vent'anni. Durante l'estate ho lavorato al mare, per pagarmi biglietto aereo e corso d'inglese.

Ho deciso di starci un anno, o forse tutta la vita, e questo pacchetto sfigato che ti fa abitare con una famiglia inglese per la durata del corso è un modo come un altro per cominciare.

Ho combinato tutto in fretta, spendendo più del dovuto e senza verificare niente, pur di riuscire a fare subito quel che mi ero messa in testa.

La strada più veloce mi è sempre sembrata la più giusta. Anche adesso, se decido di appendere un quadro e non ho in casa il chiodo adatto, piuttosto che rimandare uso un chiodo sbagliato, per fare tutto prima che mi passi l'ispirazione.

Tutto e subito, o tutto o niente: ho deciso di andare a Londra e devo andarci, in fretta.

Ho in tasca duecento sterline, per mantenermi fino a quando troverò lavoro. Il mio inglese è ridicolo e da quando ho lasciato il Conte sono ingrassata. Mi sono fatta fare un taglio di capelli scalato, che mi sta malissimo. In Italia mio padre sta morendo.

A Gatwick prendo il pullman fino a Victoria Station, e da lì il metrò per Kilburn, dove abita la famiglia con cui vivrò due settimane. Sono sicura che due settimane basteranno per trovare una stanza e un lavoro.

Tutto quel che riguarda il lavoro mi riesce.

È facile: basta non pensare ad altro. I miei obiettivi sono concreti: voglio abitare a Londra e mantenermi da sola. Farò la commessa, la cameriera, farò il primo lavoro che trovo. Ho capito che ho bisogno di un lavoro lontano da casa e lo troverò.

L'aeroporto, le casette inglesi di mattoni rossi, i musicisti che suonano in metropolitana, i passeggeri di ogni razza: tutto mi piace e mi elettrizza. Trascino la borsa orrenda sulle scale mobili, stupita dall'intelligenza delle pubblicità inglesi, così diverse dalle nostre. Sono arrivata nel posto più interessante del mondo.

Ho viaggiato poco all'estero, finora. A Parigi con i miei, a Berlino con il Conte. Ma è la prima volta che vengo in una metropoli per conto mio.

Sono eccitata. Mi sento come quando a quattordici anni, d'estate, prendevo il treno e andavo a Venezia da sola, per passare il pomeriggio in giro per calli e negozi, curiosa del movimento che sentivo intorno, diverso dalla quiete noiosa della mia città.

Ho vent'anni e non soffro ancora d'ansia. Anzi. Posso viaggiare fino a Napoli in autostop o dormire tutta la notte sul pavimento di un treno senza stancarmi e senza sentirmi mai fuori posto.

Sono a disagio solo con i conoscenti, mai con gli sconosciuti. Deve essere questa la gioventù.

Uscita dal metrò di Kilburn decido di prendere un taxi. Dovrei risparmiare, ma non so come arrivare all'indirizzo che mi hanno dato: sono le nove di sera, non ho ancora uno stradario e in giro non c'è nessuno. Qui il freddo è più bello di quello di Verona, non è umido, ma pungente.

Dalla notte spunta un grosso cab nero e si avvicina al marciapiede. Apro la portiera e mi ritrovo dentro a un mondo caldo e illuminato, come quando la piccola fiammiferaia accende il primo fiammifero. Sento un profumo, ma non è quello dei dolci appena sfornati. L'autista del taxi è un giamaicano dai capelli lunghi e intrecciati. Sta ascoltando i Black Uhuru. Cantano: "*What is life? Life is a dream. What is life? Life is a treat*". Il taxista si gira verso di me e sorride.

Non ho mai visto un rastafari prima e mi sembra bellissimo. Penso che mi porterà fortuna.

7

La famiglia di Kilburn non mi piace.

La moglie è fredda e bovina. Il marito ha faccia rossa e cravatta azzurra. Capisco la metà di quello che dicono: abbastanza per intuire quanto sono insulsi. Indicano il mio letto nella camera dei bambini, due maschi biondi di sette e quattro anni.

I bambini non mi interessano, ma questi non mi guardano neppure. Sono abituati al fatto che i genitori ospitino studenti stranieri per arrotondare, non ne sono curiosi. Mi fanno pena per quel che gli danno da mangiare: cibo scongelato nel microonde servito su un vassoio davanti alla televisione, alle sei del pomeriggio. Io ho mangiato il primo surgelato a sedici anni, un sofficino al formaggio. Sono andati di moda un autunno, a casa mia, i sofficini. Poi sono spariti. Fine dei surgelati.

Una sera i vicini mi chiedono di fare la baby-sitter ai figli mentre vanno al cinema. I bambini dormono e io giro per casa guardando nei cassetti, assaggio un pasticcio di carne trovato nel forno e uso il telefono per chiamare l'Italia. Così imparano a essere amici di quelli.

Il corso d'inglese è scadente, una truffa per gonzi. Appena finisce, alle quattro del pomeriggio, mi precipito in centro cercando negozi o ristoranti che espongano il cartello di ricerca personale: "Help wanted!".

Il mio inglese fa pena, ma faccio progressi veloci leggendo riviste e pubblicità in metrò. Sto molto tempo in metrò, per muovermi da una zona all'altra, e mi ci sento a casa più che nella stanza di Kilburn.

Il secondo giorno di ricerche entro in un ristorante italiano di Sloane Square, il Garibaldi. Cercano una cameriera a sessanta sterline alla settimana più le mance. Accetto subito. Il giorno dopo però ho un colloquio in un negozio di Knightsbridge, di fronte a Harrods: il negozio principale di una catena che vende sciarpe e cravatte. Ci lavora uno dei tanti conoscenti di Adriana.

Adriana è la mia amica di Milano: l'ho conosciuta l'estate scorsa. Ha tre anni più di me, si è appena laureata in Architettura e fa tutto con cura, non frettolosamente come me. Ha molti amici e pochi fidanzati, perché è attenta a far solo le cose giuste. Lavoravamo nello stesso albergo, al mare: lei alla reception e io al ristorante, un lavoretto estivo per guadagnare qualcosa. Ci avevano messe a dormire insieme in una mansarda: i suoi vestiti, perfettamente piegati, da una parte, i miei, buttati su una sedia, dall'altra.

Siamo diventate amiche ridendo di un mio corteggiatore quarantenne, un avvocato di Messina con i capelli rossi, cliente dell'albergo: lo chiamavamo l'Avvizzito perché aveva un che di arido e secco. A lei invece piaceva da tre anni il deejay venezuelano, bello come un attore.

Adriana è romantica: torna ogni estate a lavorare in quell'albergo di Ponza solo per rivedere il deejay, che durante l'inverno vive a Caracas. Io non potevo credere che le piacesse uno scemo del genere: lo chiamavo l'Uomo dello schermo. Ogni sera, a letto, rimanevamo sveglie a sghignazzare e a parlare delle nostre gesta con l'Avvizzito e l'Uomo dello schermo.

Finimmo per baciarli la stessa sera, a Ferragosto. Io, esasperata e un po' schifata, lei, innamorata e felice.

Federico, l'amico di Adriana, mi ha fissato un colloquio con John Row, il responsabile degli shop assistants di Scarves n' Ties. John mi riceve nell'ufficio di Knightsbridge, in piedi, appoggiato alla scrivania come fosse di passaggio, con il cappotto nero aperto sulla camicia bianca e le braccia incrociate. Gli occhi azzurri sporgenti e la bocca sottile gli danno un'espressione sadica che mi attrae.

Ho fatto molti colloqui in vita mia, e credo di averli superati tutti. Mi viene una luce negli occhi che aggancia l'esaminatore: probabilmente avvertono la mia natura fanatica, capiscono che darò l'anima e mi assumono. Anche stavolta è così.

Nonostante l'inglese incerto, John mi offre ottantacinque sterline la settimana e mi assegna al negozio di Oxford Street, il più affollato di Londra. Comincio tra dieci giorni.

Trovato il lavoro, adesso devo trovare una casa.

Londra pullula di avvisi che offrono stanze, appartamenti e condivisioni. In un negozio di alimentari pakistano stacco un biglietto con il numero di telefono di una signora che affitta stanze a West Kensington, Mrs Kaffka. Prendo appuntamento e il giorno dopo mi presento al portone di una casetta vittoriana a tre piani con il tetto a punta, in West Kensington Street, una zona molto più bella di Kilburn.

La signora è un signore ungherese in pantofole di feltro, cardigan e cravatta di maglia. Si chiama Domos Kaffka. Mi mostra in silenzio una camera di tre metri per quattro con letto singolo, tavolino e stufetta che funziona con monetine da venti pence. Il bagno è al piano di sopra, in comune con altri cinque inquilini. La stanza sembra una cella con il bovindo, è meravigliosa, e la fermo con un anticipo di cinquanta sterline.

Dopo quattro giorni a Londra ho già trovato casa e lavoro, ora voglio usare il tempo che mi rimane prima di iniziare a lavorare per conoscere la città.

Comincio dai musei, così belli che mi fanno piangere. Una sera, all'uscita della Tate Gallery, scrivo una poesia intitolata: *Sei di sera, occhi lucenti appoggiati a una sponda del Thames*. La bellezza di Londra è struggente. Vago per le strade affamata di gallerie, teatri, negozi, bramosa di integrarmi il più in fretta possibile. Ecco cosa mi mancava a Verona, ecco come voglio vivere: senza nessuno che mi conosca e con tanti cinema tra cui scegliere, quartieri da scoprire, parchi, locali, persone di ogni parte del mondo da conoscere.

Al lavoro sono fortunata: il mio shop manager, Mike, un irlandese con il papillon rosso e la giacca a scacchi, ha il viso quadrato di un mio cugino che fa l'oculista e m'ispira fiducia. Si esprime solo per battute, ma battute da irlandese, più allegre di quelle sarcastiche di John Row.

La ragazza che lavora con Mike ha la mia età, si chiama Kim ed è nata a Londra. Abita sola da quando ha sedici anni, con sua sorella Anne che ha quattro anni più di lei e lavora in un altro negozio della catena Scarves n' Ties. I loro genitori sono andati a vivere nel Kent, li vedono ogni tanto e ne parlano con affetto.

Kim ha la voce di Marilyn Monroe e si veste con abiti usati degli anni Quaranta. È bionda, dolce e spiritosa, con gli occhiali a farfalla e una bocca a cuore dipinta con il rossetto. Mi piace.

Il lunedì mattina Kim arriva al lavoro con il collo e la pelle del viso chiazzati di rosso: è sempre ben truccata ma le chiazze si vedono anche sotto la cipria. Dice pigolando con la sua vocetta che ha passato il fine settimana a letto, mentre io le racconto i film e i musei che ho visto e tutti i posti dove sono stata nel weekend. Mi ascolta gentilmente, scuotendo la testa e sorridendo come se mi trovasse buffa. Un giorno mi invita a uscire con i suoi amici.

Li incontriamo dopo il lavoro in un wine bar di Covent Garden, dove si danno appuntamento ogni venerdì sera all'ora dell'aperitivo. Camminando verso Covent Garden Kim mi spiega che lei e le sue amiche frequentano solo ragazzi di colore, perché sono molto più belli e divertenti dei bianchi. Più *cool,* dice.

«*White boys suck*» aggiunge con un sorriso angelico: i maschi bianchi sono orrendi.

In effetti, una volta arrivate all'appuntamento, scopro che i suoi amici sono davvero carini, e tutti vestiti anni Quaranta, come lei.

Chiacchiero con gli amici di Kim fino alle due di notte, bevendo un bicchiere di vino dopo l'altro. Ecco perché il sabato Kim deve rimanere a letto: dopo tutto quell'alcol, il massimo dell'attività consentita è stare sdraiati a sfogliare giornali, bevendo acqua e tè. Ed ecco anche il motivo delle chiazze rosse in faccia: i venerdì sera di Kim sono dedicati agli amici, alle chiacchiere e al vino; avrà bevuto almeno una bottiglia a stomaco vuoto, ed era la persona che beveva di meno.

Copio subito lo stile di Kim e mi compro un abito nero vintage che metto con scarpe da Mary Poppins trovate a King's Road. Con il mio viso paffuto e la pettinatura scalata quest'abbigliamento non fa lo stesso effetto che addosso a lei, bionda ed esilissima, ma mi ci sento meglio. E poi non guadagno abbastanza e non sono abbastanza felice per dimagrire. Mangio poche proteine, mi nutro male.

Ogni mattina faccio colazione con un tè al latte che porto con me in negozio dentro a un bicchiere di carta, come ho visto fare a Mike. A pranzo mangio un paio di tramezzini all'uovo o un *kidney pie*, un pasticcio di carne preconfezionato, delizioso. La sera sono affamata e nella mia cella con il bovindo sbrano patate bollite con formaggio fuso o pollo fritto comprati in qualche takeaway, troppo stanca per cucinarmi qualcosa nella cucina di Mr Kaffka.

Se ho ancora fame, mangio biscotti al burro e vasi giganti di yogurt cremoso, l'unica cosa mia che tengo nel frigorifero comune insieme alla margarina che il sabato spalmo sui toast.

Il tostapane di Mr Kaffka è un capolavoro di efficienza e bellezza, un modello degli anni Sessanta. Non vedo mai i miei coinquilini, che hanno orari diversi, ma trovo le briciole dei loro toast in cucina, appiccicate alla formica unta.

Ogni tanto, nella pausa pranzo, da sola perché Kim non mangia mai, vado in un ristorante di Hare Krishna molto economico, dove un giorno prendo un'intossicazione alimentare. Me la cavo con tre giorni di prurito.

Scopro i ristoranti cinesi, che a Londra sono eccellenti, e ogni domenica sera mi concedo una succulenta cena da Poons, a Soho, a base di granchi piccanti e noodles. Non frequento italiani. Esco solo, ogni tanto, con Kim e i suoi amici, ragazzi alla moda che parlano di musica, abiti, locali: argomenti su cui non sono preparata. Ma loro non sembrano farci caso. Il mio inglese, grazie al lavoro, è molto migliorato, e mi piace metterlo alla prova con gli amici di Kim. Sono gentili, superficiali e riposanti. Siamo tutti logorroici per il vino che beviamo e passiamo le ore impegnati in conversazioni dense di risate ed esclamazioni, delle quali il giorno dopo non ricordiamo niente.

Una notte che sono particolarmente euforica accetto di andare a casa di Junior, un ragazzo giamaicano vestito con un completo gessato da gangster. Dormiamo nel suo letto singolo, e la mattina presto, mentre Junior dorme ancora, mi alzo, faccio una doccia calda nel suo bagno che odora di crema alla vaselina per capelli crespi, uso il suo telefono per dettare un telegramma di saluti a mia madre ed esco di casa senza salutarlo.

Il lunedì Kim viene a pranzo con me, eccezionalmente, per parlare di Junior.

«Ti ha raccontato di come è diventato zoppo, da bambino, in Giamaica?» cinguetta. «Ti ha detto che è stato a causa di un chiodo arrugginito?»

«Zoooppo? Ma io non me ne sono neanche accorta!» ululo sputacchiandole la zuppa di miso in faccia. Trascorriamo la pausa pranzo sghignazzando alle spalle di Junior, che non mi ha lasciato proprio nessun ricordo, nonostante – mi assicura Kim – zoppichi in maniera evidente.

Sono a Londra da quasi tre mesi quando arriva Natale. Non ho i soldi né la voglia di tornare a casa. L'amico di Adriana che mi ha procurato il colloquio, Federico, mi fa invitare a pranzo da una coppia di amici suoi, romani.

Federico è tornato in Italia, per restarci. *For good,* come ho imparato a dire chiacchierando con gli amici di Kim. Non ci siamo mai incontrati, ma mi ha telefonato in negozio per sapere se mi piaceva il lavoro e se volevo festeggiare il Natale con i suoi amici: «Sono simpatici. Così non stai da sola».

Sarebbe stato meglio ignorarlo del tutto, il Natale, o passarlo con degli inglesi. Invece i romani, che hanno apparecchiato in soggiorno e comprato i tortellini in una gastronomia italiana, mi fanno pensare a mio padre.

Finché sto da sola, finché lavoro o vado in giro per Londra, sto bene. Ma è un equilibrio precario, borderline. Appena parlo italiano, o mi fermo a pensare, torna il dolore.

8

«Stasera viene lo zio Ruggero» dice mia madre apparecchiando in soggiorno, tutta contenta.

Domani compio diciotto anni. Finalmente. Sogno di andare a studiare via, dopo il liceo, perché a Verona non mi trovo: se sei diverso parlano male di te, dicono che «te la tiri».

Mia madre non vorrà farmi andare, dirà non abbiamo i soldi, ma me ne andrò lo stesso.

Lo zio Ruggero è suo fratello minore, fa il radiologo ed è rimasto a Venezia: i nonni erano di Dorsoduro. Avevano una pensione alle Zattere, l'hanno venduta nel 1967.

Mio padre è di Ravenna: lui e la mamma si sono conosciuti all'università. Studiavano Lingue a Ca' Foscari, volevano girare il mondo, ma appena laureati gli hanno offerto una cattedra a Verona – nel liceo dove vado io adesso – e noi siamo nati lì.

Quando ero piccola, Ruggero mi portava sui colli Euganei per provare la Spitfire decappottabile e mi prestava i suoi romanzi gialli: Maigret, Chandler, le inchieste del commissario Sanantonio. Per me lo zio era come Sanantonio, il commissario playboy con la faccia da Belmondo che faceva alle donne "il numero delle dita dei piedi a mazzolin di viole". Non credo che la mamma capisse cosa leggevo. Adorava Ruggero, come me.

Io non lo adoro più, ma lui non lo sa: è ancora convinto che siamo grandi amici. Non penso si domandi perché ho smesso di andare a Venezia ogni sabato, non è una persona che si fa molte domande, lo zio.

Dopo cena mi chiede di accompagnarlo alla macchina. Penso che voglia darmi un regalo e sono pronta a fingere che mi piaccia: di solito regala borsette firmate che io non porto.

Invece, in piedi davanti allo sportello aperto della sua nuova Mini Cooper bianca con il tetto nero, dice che mio padre ha il cancro.

Lo dice così, come se parlasse di un parente lontano.

«Sarà una cosa di un anno, massimo due. Ma non c'è niente da fare. Mi ha chiamato oggi il collega che ha visto le ultime analisi, i suoi mal di schiena vengono dalle metastasi. Lui non lo sa. Neanche la mamma e Luca. Lo dico solo a te, so che sei forte.»

Ruggero si sbagliava.

Era un dolore che non potevo sopportare. Decisi di ammalarmi anch'io e fu un procedimento semplice e veloce: mi misi nelle condizioni di morire per prima.

O tutto o niente.

9

Quando i romani mi chiedono se da gennaio voglio condividere un nuovo appartamento rispondo: «Perché no?».

Quanti anni mi ci vorranno per imparare a non rispondere così? Eppure l'avevo capito subito che non stavo bene con loro. Le mie prime impressioni sono sempre giuste, ma reagisco al contrario: se una cosa mi mette a disagio, devo affrontarla. Come se fosse un dovere, una prova, un nemico da sconfiggere e da conquistare. Sempre così, dai coinquilini sbagliati a un brutto lavoro: se qualcosa mi turba, mi butto a capofitto; se mi fa piacere, sto alla larga.

Festeggio il Capodanno da sola, per strada.

L'ultima notte dell'anno a Londra tutti si ubriacano e baciano i *bobbies*, i poliziotti, a Leicester Square.

Gli si grida in faccia: «*Happy new year!*» e gli si dà un bacio sulle labbra.

Ne bacio a decine. Mi diverto un mondo.

Il giorno dopo ho quaranta di febbre e passo le feste chiusa nella mia stanza, infilando monetine nella stufa e smaltendo l'alcol, l'influenza e il Natale triste con i romani. La sera del secondo giorno che sto rinchiusa, bussano alla porta. Mi alzo a fatica: è Domos Kaffka, il padrone di casa, che da quando abito qui mi avrà rivolto tre parole.

Mi porge con una mano un cartone di succo d'arancia, con l'altra una tazza di minestra di pollo bollente. Non sorride e non parla, ma è come se lo facesse. Lo ringrazio in inglese e lui mi risponde: «*De nada*».

Amo l'influenza, la solitudine, i primi giorni dell'anno e le sorprese: non potrei sentirmi più contenta di così.

I romani si chiamano Valerio e Diletta, da me soprannominati i Diletti.

Valerio è uno di quei biondi belli con le labbra grosse e gli zigomi alti. Si è appena laureato in Giurisprudenza e due sere la settimana suona in un pianobar, a Chelsea. Ha bisogno di soldi. Suo padre vuole che torni a Roma per lavorare nello studio legale di famiglia e gli ha tagliato i fondi. Diletta ha i capelli neri a caschetto e un grosso seno. Porta pantaloni di velluto liscio aderenti e maglioncini di cachemire rosa o azzurri. È sexy, con quel petto di cachemire e il sedere di velluto. Si sta laureando in Economia e Commercio. I suoi genitori, a Roma, hanno un grande negozio di abiti da sposa. Diletta è gentile, ma non so cosa dirle. Quando racconta di suo nipote di due anni – figlio di sua sorella – che la chiama zia Detta, io capisco "zia Tetta" e le scoppio a ridere in faccia, ma non ho il coraggio di spiegarle perché.

Mi è più familiare Valerio, che ha perso sua madre due anni fa in un incidente e quando suona il pianoforte gli viene ancora da piangere. Lui e io siamo i maschi di famiglia, i duri da consolare. A me però nessuno mi consola.

Il nuovo appartamento è più comodo della stanza con la stufa a monetine, ma molto più lontano dal lavoro, in fondo alla Central Line. Due stanze da letto e un soggiorno arredato, separato dal cucinotto con una brutta porta di legno in stile saloon. Appena vedo la porta da saloon capisco di aver fatto un errore, ma ormai i Diletti contano sulla mia parte d'affitto. La loro bellezza mi mette soggezione, non posso tirarmi indietro.

La mia cameretta è grande come quella di West Kensington, ma moderna e senza bovindo, con una brutta tapparella grigia. Appendo sopra al mio letto singolo il manifesto di *Apocalypse Now*, quello con gli elicotteri.

Quando l'entusiasmo per Londra non mi sorregge è così che mi sento, come in *Apocalypse Now* nella scena in cui arrivano gli elicotteri, e convivere con i Diletti peggiora il mio umore.

Li sento fare l'amore in camera loro e comincio a inventarmi appuntamenti che non ho: «Non torno a cena, esco con degli amici» dico, e vado al cinema da sola.

Mi manca il Conte, ma ho deciso di non chiamarlo e non lo farò.

Una domenica sera racconto ai Diletti di essere stata invitata a casa di Kim e invece vado da Poons. Mentre mangio i granchi piccanti con le mani li vedo entrare: mi guardano severamente ed escono senza salutare.

Per incontrarli il meno possibile, mi iscrivo a un corso serale di perfezionamento d'inglese, dove conosco Alì.

Alì è turco di Mersin, ha ventisei anni ed è laureato in Ingegneria. Ha una bella faccia virile, che non corrisponde ai suoi modi impacciati. Racconta di essere dovuto scappare dalla Turchia perché è socialista. Che non può tornare a casa se no l'arrestano. I suoi genitori gestiscono un albergo.

«Come i miei nonni veneziani» gli dico, «ma loro sono morti.»

Qualche volta, dopo il corso, andiamo a mangiare kebab.

Con Alì sto bene, ma non mi attrae. Lui invece si sta innamorando e diventa ogni giorno più goffo. Lavora in un ristorante turco e una sera mi ci porta. Con enfasi e deferenza mi presenta il cuoco, dicendo che si chiama Kazim ed è il suo capo. Immagino sia il capo del suo gruppo clandestino, anche se non capisco bene quale sia il problema a essere socialisti: da noi, in Italia, comandano loro.

Kazim è piccolo di statura, con i baffetti e l'aria decisa.

Mentre Alì parla con un cliente mi chiede di vederci il sabato seguente. Forse pensa che, in quanto italiana, sia un tipo disponibile. E infatti mi eccito al pensiero che uno cerchi di fregare la ragazza all'amico proprio sotto ai suoi occhi, e accetto.

Alì sembra non accorgersi di niente e il sabato vado all'appuntamento con Kazim, alla fermata del metrò di Oxford Street. Lui si presenta in giacca e cravatta, e mi propone subito di andare a casa di un suo amico che è partito. Noto che ha il colletto della camicia sporco e i denti gialli. Non ho il coraggio di dirgli che un conto è l'idea di flirtare con il capo di Alì e un conto andarci a letto. Sulle scale mobili del metrò scappo via, facendogli perdere le mie tracce tra la folla.

Dopo qualche giorno rivedo Alì: non dice niente, ma dalla sua aria addolorata capisco che ha saputo qualcosa, chissà quale sarà stata la versione di Kazim.

Alì si è offeso, ma continua a cercarmi. Il dolore ha

dato al suo sguardo un'ombra di profondità che prima non aveva e lo rende più attraente.

I Diletti ogni sabato organizzano una cena in piedi a base di pasta fredda piccante e bottiglioni di vino d'Orvieto. Per far vedere che ho degli amici anch'io, il sabato seguente invito Alì, che dopo la cena si ferma a dormire con me.

Al mattino, sotto al manifesto di *Apocalypse Now*, mi guarda da sotto i ciglioni e dice timidamente: «*It was nice*».

La contentezza l'ha fatto tornare goffo, e, anche se mi sono affezionata, non lo invito più. Per molti mesi, dopo che sarò tornata in Italia, mi manderà delle lettere. Nell'ultima metterà una sua fotografia scattata in spiaggia, durante una gita invernale a Brighton.

Sulla sabbia ha scritto "*I love you*", con un grande cuore trafitto. Sta in piedi dentro quel cuore, con una coppola di lana grigia in testa, le mani infilate nelle tasche dei jeans e il mento un po' sollevato. Ha l'aria arrabbiata.

Se fosse stato capace di guardarmi così, forse avrei potuto amarlo.

10

Il negozio di Oxford Street è sempre affollato e io devo fare sempre la stessa cosa: dire i prezzi delle cravatte, nonostante siano scritti ovunque su grandi cartelli gialli.

Le cravatte sono in vendita dalle 4,99 alle 14,99 sterline, ma qualcuno riesce a domandare quanto costano anche tre volte di seguito. La cosa che manda in confusione certi clienti sono le offerte: se compri tre cravatte costano 4,99 l'una, ma per una sola il prezzo sale a 5,99.

Kim e io, quando i clienti più tonti escono dal negozio, ridiamo alle loro spalle e ne facciamo l'imitazione. Mike finge di scandalizzarsi ma poi ride con noi.

Noto che i più lenti nei calcoli sono quelli di colore, e mi vergogno di averlo pensato. Invece Kim e Mike ne parlano tranquillamente: dicono che i neri sono più deboli in matematica e più forti in tutto il resto.

Non sono mai stata poco attraente come in questo periodo, eppure un pomeriggio mi capita una specie di avventura.

Verso l'ora di chiusura entra in negozio un uomo alto, con uno strano accento che Mike identifica poi come sudafricano. È vestito con una camicia bianca, pantaloni kaki e un panama in testa. Ha i baffi, lunghi e morbidi, castani.

Mi porge tre rose rosse e togliendosi il cappello dice, in italiano: «Lei è molto bella, signorina». Poi si rimette il cappello ed esce. Io rimango interdetta, mentre Kim e Mike mi sfottono dandosi di gomito e facendo battute sul mio fascino latino.

Cosa sarebbe successo se l'avessi seguito? Se avessi lasciato il negozio e l'avessi rincorso lungo Oxford Street? Avremmo bevuto un tè al Ritz? Mi avrebbe raccontato la sua vita? Sarei andata a vivere con lui a Johannesburg o in una piantagione di caffè? Avrei gestito un ospedale in Africa? Sarei morta di botte perché era pazzo come Barbablù?

Per qualche giorno aspetto che il sudafricano torni, che si rifaccia vivo.

Sono così brava con i clienti che John il sadico, che poi sadico non è, dopo le vacanze di Natale mi propone di gestire un negozio da sola: un piccolo shop dentro la fermata della metropolitana Bank, in piena City. Sono contenta della proposta e dell'aumento di stipendio, ma mi dispiace lasciare Mike e Kim. Oltretutto, dentro al negozietto della City non vedrò la luce del sole.

Non sono mai stata capace di rifiutare una promozione o un cambiamento, nemmeno quando intuisco che mi peggiorerà la vita: non so se per ambizione, curiosità, insicurezza o perché devo contare solo su me stessa. Accetto la proposta di John.

Tre mesi dopo, mentre sto facendo i conti di fine giornata nello shop della City, squilla il telefono: è mio fratello.

Dice solo: «Adesso devi tornare».

In ventiquattro ore mi licenzio, saluto Alì, abbraccio Kim e Mike e lascio l'appartamento sulla Central Line dove Valerio, di nascosto da Diletta, mi chiede in prestito duecento sterline che non rivedrò mai più.

11

Trovo mio padre a letto, meno sofferente di quanto avevo immaginato.

Vuole sapere di Londra. Lui ci andava spesso: ci ha anche abitato tre mesi quando preparava la tesi, nel Cinquanta. Stava a Camden, da una vecchietta, «in una casa minuscola carica di tendine e quadretti ricamati».

Gli dico che ora Camden è piena di punk sporchi e ubriachi di birra. Sorride.

Gli ho portato biscotti al burro, marmellata di arance, tè.

Dice: «Com'era buono, me lo fai con il latte?».

Finge di non sapere che sta morendo. Chiama la malattia «il mio mal di schiena». Dice: «L'anno prossimo vado a Londra con quelli di terza».

Mia madre, quando viene il dottore, si chiude in bagno. Luca non parla. Quarantotto ore dopo che sono tornata, mi sembra di non essere mai partita.

Tre giorni e vado in piazza a cercare il Conte, ma non c'è.

Ogni mattina leggo gli annunci sui quotidiani. Un venerdì trovo la via di fuga: un bando di concorso per diventare account executive. Non so cosa sia l'account, ma è una parola inglese. Sono tornata in Italia pensando e sognando in inglese e mi aggrappo a tutto quello che ha a che fare con Londra per evitare i lamenti del babbo, l'odore delle medicine e gli occhi di mia madre. Luca, da quando sono tornata, non c'è mai, e la mamma sembra darmi la colpa anche di quello.

Non sto a chiedermi se mi interessi veramente lavorare in pubblicità. Ricordo le campagne intelligenti viste a Londra e mi illudo di ritrovarmi in un ambiente stimolante. Cerco solo una scusa per fuggire di nuovo.

Mi iscrivo al concorso: c'è un esame da superare a Padova. I posti sono trenta e i concorrenti quattrocento. La prova è un test d'inglese e di cultura generale. Arrivo ventisettesima.

La borsa di studio prevede otto settimane di corso. Scopro che l'account è quello che nelle agenzie tiene i contatti tra i creativi che inventano le campagne e i clienti che le commissionano. Già mi sta sulle palle. Se proprio dovessi lavorare in pubblicità vorrei fare la creativa, non l'account. Ma la mia priorità è sopravvivere: Padova non è Londra, ma neanche Verona, dove tutti gli spacciatori della città mi chiamano per nome.

Partirò da Verona la domenica sera e tornerò il venerdì pomeriggio. Due giorni a casa sono il massimo che posso sopportare.

Quando dico a mio padre che ho vinto il concorso, piange. Cerco di consolarlo – Padova è a poco più di un'ora di treno e quella borsa di studio mi farà trovare lavoro –, ma lui piange le lacrime sfinite della malattia.

Non mi sono mai sentita tanto vile come di fronte a quel pianto, ma non posso rinunciare a salvarmi. Lo faccio anche per lui.

Mi assegnano un brutto appartamento in periferia, insieme a tre ragazze di Treviso. Pranziamo e ceniamo in un self-service squallido vicino all'istituto. Per arrivarci devo cambiare tre autobus, ma tutto mi sembra meglio che stare a casa mia.

Dopo una settimana mi trasferiscono in centro, con una ragazza di Belluno brusca e simpatica. Non faccio in tempo a farci amicizia perché il martedì mi mandano a chiamare.

Per tre giorni e tre notti tengo la mano a mio padre mentre rantola.

La terza notte muore, e finalmente è in pace.

Al funerale metto un vestito bianco e le scarpe da Mary Poppins comprate in King's Road. Luca e la mamma stringono la mano ai colleghi del babbo e abbracciano i parenti rimasti. I nonni veneziani sono morti, Ruggero non ha figli: oltre a lui ci sono solo i cugini romagnoli, figli delle sorelle della nonna Augusta, morta di cancro anche lei. La nonna faceva la maestra, era rimasta vedova da giovane e non ha fatto in tempo a fare altri figli, oltre a mio padre.

«Aveva solo cinquantanove anni» ripete mia madre. «Era più giovane di me.»

Aveva solo un anno, di meno, ma a lei sembravano tanti.

Ci sono moltissimi studenti del babbo, quasi tutte ragazze. Una bruna – con il poncho peruviano anche se è quasi estate – singhiozza scompostamente e tira su con il naso. Sento una signora anziana, venuta per la messa, dire all'amica: «Quella sarà la figlia, poverina».

Io sto in piedi vicino alla bara, da sola, in guerra con Dio.

12

È metà luglio. Mio padre è morto da un mese. Vado in vacanza. Parto con Adriana, andiamo al mare in Spagna. Abbiamo prenotato due posti sul treno Milano-Barcellona di lunedì, poi si vedrà.

La sera prima di partire usciamo e incontriamo in un bar sui Navigli Fabio e Giuliano, amici di un amico di Adriana. Anche loro vanno in Spagna.

Ci offrono un passaggio fino in Andalusia. Vogliono arrivare in un posto famoso per una strada in salita dove sembra di andare in discesa. Succederà, penso, perché tutti quelli che ci passano hanno fumato marijuana, ma non dico niente.

Fabio e Giuliano giocano in una squadra di rugby di Milano. Hanno una Citroën Pallas azzurra. Sono belli, muscolosi e allegri, anche perché fumano, bevono e tirano cocaina con impegno.

Io ho solo bisogno di stare al sole e non pensare. Adriana si è invaghita di Fabio: lei ama tutto quel che è bello. Accettiamo il passaggio.

Fabio e Giuliano si alternano alla guida e in un giorno arriviamo ad Almeria. Affittiamo due stanze e decidiamo di continuare la vacanza insieme: venti ore chiusi in un'auto satura di fumo e Springsteen e siamo amici per sempre.

Adriana mi rasserena. È spiritosa e paziente. Il suo ordine mi tranquillizza. Fingo di prenderla in giro, ma ne sono affascinata. Si porta dietro ovunque uno zainetto con occhiali da sole, creme solari, trucchi, spazzola, sigarette, accendino, il libro che sta leggendo e soprattutto un'agenda dove registra i suoi sogni e tutto quello che le succede. E un astuccio pieno di matite, gomme, penne di tutti i colori, un evidenziatore giallo e persino uno stick di colla con il quale appiccica biglietti e altri ricordi di viaggio sull'agenda.

Io non uso borsette o zaini neanche in città, tengo i soldi accartocciati in tasca. È un'abitudine che ha aspetti positivi: quando rimango senza soldi frugo in tutto quel che ho nell'armadio e qualcosa trovo sempre.

«Ti sei ricordata di portare la colla?» la sfotto mentre facciamo l'autostop per andare al mare quando i rugbisti ancora dormono.

«Ridi, ridi» risponde. «Riderò io quando mi chiederai di prestartela. La colla può sempre servire.»

Fabio flirta con lei ma non si decide a baciarla. Una sera le dice: «Non posso, a Milano ho la ragazza. E poi sei troppo alta».

Adriana è altissima, e ossuta. Non magra tipo modella, magra equina, alla Virginia Woolf. A me sembra bella, ma non è il tipo di bellezza che attira i maschi che piacciono a lei.

Il mattino dopo mi dice: «Cosa gli fa pensare che starei con lui? Tra le botte del rugby e la coca è troppo rintronato persino per i miei standard».

Non è vero, ma Adriana si vuole bene e sa come proteggersi.

Al ritorno dalle vacanze in Spagna, decido che dopo la fine del corso andrò a Milano: ci abita l'unica amica che ho.

La borsa di studio prevede uno stage, e riesco a farmi mandare in un'agenzia di direct marketing milanese. Il direct marketing è il gradino più basso della pubblicità, ma partire dal basso è la mia specialità. Ho deciso che Milano sarà la mia nuova Londra. Qualunque cosa possa dire mia madre, non importa.

Con Luca, non parliamo da due anni: sarà solo contento se vado via.

A ottobre parto. Trovo subito una stanza in un brutto appartamento vicino a Linate, con ben due coppie di fidanzati, stavolta di Torino, studenti alla Bocconi. A differenza dei romani di Londra i quattro torinesi sono simpatici, ma vivere con gente fidanzata, sola come sono io, non mi giova.

Dopo la vacanza in Spagna ho cominciato a uscire con Giuliano, che non è tipo da dare conforto o sicurezza, ma bacia bene. Però, dopo che a Capodanno scrive con la cocaina "Buon 1985" su un vassoio a specchio, decido di non vederlo più.

La cocaina mi disgusta. In assoluto preferisco le droghe lente, ma dopo la morte di mio padre ho chiuso con qualunque tipo di droga, per sempre.

Ho ancora la mia sacca di gomma rossa, piena di vestiti sbagliati. Stavolta devo lavorare in un'agenzia pubblicitaria, mi serve un abbigliamento adeguato. Non ho soldi e lo rubo alla Rinascente: porto nel camerino due paia di pantaloni blu con le pinces e due camicie di seta, e stacco la placca magnetica con una cesoia presa al reparto casalinghi.

Sembra che non abbia fatto altro in vita mia.

13

Sul set so tutto, sono un bravo capo, ma in casa annaspo. Non riesco a spiegarmi con la signora che ci aiuta: se non sai far le cose tu, non sai nemmeno farle fare agli altri. Non so tenere in ordine gli armadi, non so organizzare una spesa settimanale, non so quando vanno lavate le tende. E non so neanche fregarmene.

La signora che mi dà una mano fa quel che può, ma anche lei ha altro per la testa. Pensieri caraibici, magie, mutui da pagare: da ragazza voleva fare l'avvocato, non la donna di servizio a ore. Chi può capirla meglio di me? Anch'io vorrei godermi figlie e lavoro e basta. Ma la famiglia è fatta di pensieri. Di cose che qualcuno deve fare.

Una volta un attore, il ragazzo che avevo scelto per Cosmo da giovane in *Torno presto*, mi ha detto che ha fatto l'artista perché da piccolo vedeva sua madre passar la vita a mettere a posto, e non voleva diventare come lei.

Ecco, neanch'io lo vorrei. Ma non sono stata così brava da innamorarmi di uno che mette a posto: Pietro è peggio di me. Però lui se ne frega, delle tende e degli armadi.

Forse, se fossi stata una persona meglio organizzata, adesso non avrei lo stress index a 250,2, qualunque cosa voglia dire. Certo, non sarei stata io, ma non è detto che sarebbe stato un male.

Ieri ho telefonato alla nonna di Pietro: compie novantasei anni. È ancora lucidissima, legge Proust in francese e ogni mattina ascolta la rassegna stampa di Radio Radicale.

Le ho chiesto come sta e mi ha detto senza amarezza che ha vissuto abbastanza, che il mondo intorno a lei non è più il suo e preferirebbe andare.

Quando la sente dire queste cose Pietro minimizza: «Dài che stai bene, nonna».

Pietro non ammette che qualcuno possa sentirsi stanco di vivere, neanche a cent'anni. Io invece la capisco: mi sento come lei. Ma ho quarant'anni, non novantasei.

Il mio nuovo medico dice che mi sento così per via delle surrenali – che ho sforzato troppo – e della tiroide che funziona poco. Di certe vitamine e sali minerali che mancano e soprattutto dello stress. Garantisce che non è niente di grave, che le sue cure mi faranno tornare come prima. Raccomanda di non prendere decisioni affrettate prima che la cura sia finita.

Stavolta ho scelto un medico allopatico, che ha lavorato dieci anni in America. Dice che sono come un'atleta, o un'astronauta, che il mio lavoro non si può lasciare perché l'adrenalina crea dipendenza. Non crede che io voglia davvero smettere, come continuo a ripetergli.

"Non spaventarti, Eugenia: vivi di alti e bassi perché sei un'artista, devi solo ricaricarti" mi ha scritto ieri con il Blackberry.

Mi sono ringalluzzita. Artista io? Non ci avevo mai pensato. Minatore, schiava, scaricatore forse. Mi sono sempre sentita una che fatica, non un'artista.

Oltre al Nootropil, mi ha prescritto quattordici pillole da prendere ogni giorno per tre mesi. Sette al mattino, quattro a pranzo, due il pomeriggio e una prima di dormire. Dice di prenderle tutte e riposare molto.

Finalmente siamo al mare, nella casa tra i pini che affittiamo ogni estate da dieci anni.

Sono arrivata all'ultimo giorno di montaggio in ginocchio. E adesso sono così stanca che anche le cose che mi piace fare quando vengo qui – andare in paese a comprare il pesce, camminare tra le rocce, nuotare – mi sembrano impegni gravosi e insostenibili. Non faccio niente.

A malapena ho la forza di trascinarmi fino alla spiaggia, stendermi sull'asciugamano con la testa appoggiata allo zaino e guardare il mare mosso dal maestrale. Rimango sdraiata per ore, senza leggere, senza trafficare con il telefono, senza guardare niente che non sia cielo e mare.

Il momento migliore è il mattino. Mi alzo alle sette, quando Pietro e le bambine dormono ancora. Prima di uscire preparo le medicine: quella per la tiroide è azzurra e tonda, il Nootropil è un pillolone oblungo con due enne incise sopra come la zeta di Zorro, poi c'è una capsuletta bianca che si chiama Dhea. Preferisco non sapere bene cosa facciano. Le altre quattro sono innocue, almeno credo: tre capsule di erbe, Fitorodiola e Fitoliquirizia, e una di vitamina C. Metto le pillole dentro a un foglio di Scottex, lo piego in quattro e con quel pacchetto nella tasca dei calzoncini scendo per il sentiero che porta al mare.

La spiaggia è grande, deserta, bianca, circondata da rocce rosse. A quest'ora l'acqua è azzurra e trasparente. Cammino lungo la riva fino all'unico baretto, quello di Graziano. Chiedo un caffè e un succo d'ananas per ingurgitare le pillole, prendo i quotidiani ripiegati sul bancone.

Sono sempre la prima cliente. Quando arrivo, Graziano sta scopando la sabbia dalle assi di legno del terrazzo. Ha messo un cd a volume altissimo e Mina urla nel vento di maestrale.

Graziano inizia sempre la giornata così, anche se quando mi vede abbassa il volume con un sorriso di scusa.

Dopo mezz'ora arriva il pensionato. Ha un cappello di carta di giornale in testa, come quello degli imbianchini di una volta, canottiera bianca e calzoncini. Ordina latte macchiato e brioche.

Ci guardiamo in cagnesco: so che aspira ai miei quotidiani e sono gelosa di quel momento di solitudine. Il pensionato parla a voce alta con Graziano, che risponde sussurrando per non disturbarmi. Mi conosce da anni. Sa che mi danno fastidio i rumori e che non parlo mai, non lo facevo neanche quando stavo bene.

Soltanto in spiaggia, più tardi, farò due chiacchiere con Darhu e Hassan, i venditori senegalesi. Loro non mi agitano come certi clienti del baretto. Con i senegalesi attacco bottone io: racconto a tutti la stessa storia, di quando sono stata in Senegal prima di sposarmi. Di come mi piacevano i fiumi, i bambini e la luce che c'era a Gorée, l'isola con la casa degli schiavi. Gli dico che sono tornata con l'urgenza di avere un bambino al più presto, anzi, tanti bambini. Loro annuiscono pazientemente. Poi mi raccontano che d'inverno lavorano a Brescia, e d'estate in spiaggia. Darhu fa il camionista, Hassan l'operaio. Lo conosco da anni, Hassan, parla tre lingue e ogni mattina viene a bere il cappuccino da Graziano prima di cominciare a vendere asciugamani in spiaggia. Alle otto al baretto ci siamo solo il pensionato con il cappello di carta, Hassan e io: i turisti arrivano più tardi. Il primo giorno che l'ho rivisto, quest'anno, gli ho chiesto scherzando quando diventerà un grande manager. Ne avrebbe le capacità.

«Finché vendo asciugamani è dura far carriera» ha risposto, abbassando lo sguardo. Ho capito di aver detto una cosa crudele.

È triste, Hassan: lo vedo incupirsi ogni anno che passa. I suoi colleghi anziani sembrano contenti: forse sono rassegnati, forse pacificati dall'età. Hassan è arrivato in Italia da bambino, probabilmente si era illuso di fare una vita migliore.

Passo il "Corriere" prima a lui che al pensionato.

In un attimo legge le pagine economiche e risolve il sudoku dell'ultima pagina, poi va a preparare gli asciugamani. Li piega bene, li lega insieme, se li carica in spalla, scende in spiaggia e inizia a camminare.

14

«Andiamo in paese?»

Dopo tre settimane che siamo qui e passo le giornate a prendere pillole e guardare il mare, oggi mi sento meglio, ho più energia. Propongo alle bambine di fare una passeggiata fino al paese vicino, a due chilometri dalla spiaggia. Gli anni passati ci andavamo ogni giorno, ma quest'anno non ce l'ho ancora fatta. Rosa accetta entusiasta, Lucia invece vuole restare a casa, con Pietro.

Non sono più abituata a camminare: ho dimenticato il cappello e mi sono vestita troppo. Dopo pochi minuti siamo coperte di sudore, sono solo le cinque del pomeriggio e fa ancora caldo. Decidiamo di spogliarci e di proseguire la passeggiata in costume da bagno, tanto siamo su un sentiero che costeggia il mare. Arrivate in paese ci rimetteremo calzoncini e maglietta.

Rosa è deliziata da questi traffici: lei vivrebbe in costume da bagno anche a Milano. Sarebbe dovuta nascere a Rio de Janeiro, Rosa: è solare, allegra, canta e balla. Ha i capelli lunghi, le gambe lunghe, le ciglia lunghe, è una modella brasiliana in miniatura, di nove anni. C'entra poco con me, o almeno con quella che sono adesso. Forse da bambina ero come lei? Un po' nell'aspetto. Ma io ero scura, malinconica e silenziosa anche allora: Rosa è un dono, una manciata di bellezza e di gioia che ho traghettato per caso sulla Terra.

Anche Lucia è bella, ma mi somiglia di più: è scontrosa. Ha due anni meno di Rosa ma ha imparato a leggere quasi prima di lei e ha sempre un "Topolino" in mano, anche mentre mangia. Quando non legge, pianta grane: «Quella volta che mi hai sgridato perché non mi ero lavata la faccia prima di andare a scuola, me l'ero lavata. Non è giusto!».

Ha un grande senso della giustizia, secondo lei, si sente sempre in credito con il mondo. Conosco bene la sindrome, e me ne do la colpa. So di avergliela trasmessa io. La coccolo e la sgrido più di Rosa. Quando rompe le scatole sto male, perché so che sta soffrendo e non lo sopporto.

La prima tappa è l'edicola che vende i libri. Rosa cerca un dvd, io mi fermo a sfogliare i libri sulle piante officinali della Sardegna. È il segno che sto guarendo. Quando sto bene comincio a interessarmi alle piante, agli uccelli e ai cibi dei posti dove sto. Da quando veniamo qui, compro ogni anno lo stesso libro di ricette sarde. Ogni volta poi lo dimentico a Milano, anche se è qui che mi serve. Soltanto un anno ho ricordato di portarlo.

Penso a quell'anno e mi sembra di ricordare un'altra vita. La vita di quando preparavo le valigie scegliendo con cura i vestiti, i giochi delle bambine, i libri, persino certe pentole che qui mancano. E poi i pesi per fare ginnastica e il materassino di gommapiuma per gli esercizi a terra. Quest'anno ho preparato con attenzione solo la borsa delle medicine. E quella delle creme solari, perché ogni estate la lotta contro macchie solari ed eritema s'inasprisce. I vestiti, quelli li ho presi a caso. E ho portato soltanto cose troppo pesanti. Tre inutili paia di jeans, due felpe, quattro magliette a maniche lunghe. Sembra che quest'anno abbia paura di avere freddo, come gli anziani. I libri, per non sbagliare ne ho presi troppi, una valigia piena. Tutti quelli che non ho fatto in tempo a leggere quest'inverno. Ma anche se ho esagerato, ho dimenticato proprio quelli che avrei voluto, e che ora devo ordinare.

Dopo l'edicola, andiamo al negozio dei giochi e compriamo un materassino e le bocce. E a quello di artigianato, dove scelgo il quadro da regalare a Pietro. Domani è il nostro anniversario di matrimonio.

Li abbiamo festeggiati, si fa per dire, tutti qui, i nostri anniversari. I primi anni gli prendevo qualcosa dai venditori ambulanti in spiaggia: un portamonete di cocco, una maglietta, un paio d'occhiali da sole imitazione Ray-Ban. Da qualche anno, a ogni ricorrenza – compleanni e Natale –, gli regalo un quadro.

Ho iniziato con un pittore normanno che avevamo visto a Parigi, in una galleria di Saint-Germain, quando viaggiavamo insieme. Raffigurava una spiaggia di ciottoli vista dall'alto. A Pietro era piaciuto perché era grafico e monocromatico, non si capiva cos'erano quei cerchi grigi. Mi ero fatta dare il biglietto da visita del gallerista e poi di nascosto me l'ero fatto spedire a Milano, per fargli una sorpresa.

Poi fu la volta di un piccolo quadro di Mimmo Paladino. Poi di un Rotella. Questo quadro è di un pittore sardo: Tamponi. Sono sei visi stilizzati di uomini, con grandi teste bluastre e occhi accigliati. È la prima volta che gli regalo figure umane e non paesaggi o soggetti astratti, e so già che questo quadro non gli piacerà.

Sono quasi le otto di sera, Rosa e io siamo stanche, ma finalmente la mia è stanchezza normale, non il solito sfinimento malato. Ho dimenticato il telefono e non posso chiamare Pietro perché ci venga a prendere.

Decidiamo di tornare a casa per la strada provinciale, in autostop. Si ferma un cinquantenne sardo con un Suv dal sedile posteriore coperto di carte arrotolate. Farà il geometra di qualche comune dei dintorni. Non va dove dobbiamo andare noi. Gli chiedo di portarci fino al bivio, sperando che poi decida di fare una deviazione di cinque minuti per accompagnarci a casa, ma ci lascia proprio in mezzo all'incrocio e riparte sgommando. Dopo due minuti, si ferma una piccola Renault Clio, vecchia e pulita.

La guida Darhu, il senegalese che vende borsette in spiaggia, fresco di doccia e vestito da sera, in camicia chiara e calzoni di lino con il risvolto. Sta andando a prendere i suoi amici che hanno finito di lavorare: è quasi l'ora del tramonto. Darhu ci fa salire, Rosa dietro e io davanti, e ci accompagna fino davanti alla porta di casa, contento di farsi vedere per una volta senza l'armamentario delle merci.

Gli mostriamo il quadro e lui lo osserva a lungo. Poi dice: «È bello, ma triste». Di quadri Darhu se ne intende: in Senegal, suo nonno fa il pittore. Entriamo in casa dal giardino per nascondere il quadro dietro alla lavatrice, prima che lo veda Pietro, ma sembra non ci sia nessuno in casa.

Sul frigorifero c'è un biglietto: "Perché non rispondi al telefono? Io devo partire. Ho lasciato Lucia da Graziano, la porta su lui".

15

Pietro è fantastico. Impermeabile al dolore come un'anatra all'acqua del lago. Quando ci siamo conosciuti – anzi, dopo che ci siamo baciati –, gli ho fatto lo spiegone dei miei guai.

Eravamo a Volterra. La sera prima mi avevano premiata per *La ragazza morta*, un premio internazionale che era stato ripreso da una rete tedesca.

La premiazione si svolgeva in una piazza medioevale, piazza dei Priori: c'erano centinaia di persone sedute davanti al palco illuminato dai riflettori. Sui merli dei palazzi avevano messo delle torce accese: non riuscivo a capire come mai le fiamme non si spegnessero, con quel vento.

Noi cinque finalisti europei sedevamo in prima fila, sotto un tendone montato all'ultimo momento per ripararci dalla pioggia. Era nell'aria che avremmo vinto io o un olandese, o almeno l'avevano capito tutti tranne me, che sono sempre convinta di perdere, arrivare ultima, fare una figuraccia e non essere all'altezza. Questo è quel che racconto agli altri e al primo strato di me stessa. Dentro di me, un po' in fondo, so benissimo che sono brava e vincerò.

Le telecamere stavano addosso a noi due, a me e all'olandese, e secondo Adriana, seduta dietro in un tubino di shantung rosso, questo significava che avrebbe sicuramente vinto uno di noi.

Tanto per cambiare, sono raffreddata. Mi sono avvolta tre giri di una sciarpa di seta grigia attorno al collo. Ho freddo, gli occhi lucidi e il naso gonfio. Mi sono legata i capelli in una coda di cavallo e ho messo dei pantaloni neri e un maglione nero scollato a V, il minimo sindacale per una serata ripresa dalla televisione. Quando la presentatrice del premio, una giornalista bionda, urla: «Eugenia Viola, Italiaaaaa...», Adriana mi dà una spinta sulla schiena per farmi alzare. Salgo sul palco, rigida e ingobbita, e faccio un discorso perfetto: anche se fino a un istante prima sono in coma, quando arriva il momento buono divento un drago, sempre.

Al ristorante, dopo la premiazione, il presidente della banca che sponsorizza il premio mi presenta il regista italiano che ha ripreso la serata per la tv tedesca.

Si chiama Pietro, è alto, grosso, pieno di capelli, grigi. Occhi verde ramarro sepolti sotto un quintale di palpebre e sopracciglia.

Si china verso di me, seduta tra il regista olandese e il mio produttore, e mi dice all'orecchio: «Potevi almeno toglierti la sciarpa, bellezza».

Dopo due ore ci stiamo baciando. Ha mandato il cameriere al mio tavolo con un biglietto. C'è scritto: "Ho un sacco di vitamina C in camera mia" e il numero della sua stanza. Dopo cena gli ho telefonato, spavalda.

«Guarda che ti attacco il mal di gola.»

E lui: «Figurati, io sono Superman. Non mi ammalo dal Cinquantaquattro».

Dopo il primo bacio mi stacco, boccheggiante, non per l'emozione ma per il raffreddore. Baciarsi con il naso chiuso è complicato. Lui, pigro come un orso, mi tira sul letto e mi abbraccia. Dieci secondi dopo dorme e io rimango a osservarlo a lungo, già innamorata di quei modi spicci e della sua indipendenza da me.

Il mattino dopo, di ottimo umore, mangiando due bomboloni unti a grandi bocconi, dice: «Vedi, bellezza, per me il sesso è come la Coca-Cola. Mi piace un sacco, ma se non c'è non ne faccio una malattia».

Mentre ci arrampichiamo per le strade del paese spazzate dal vento e ancora lucide di pioggia, gli racconto i miei dolori di ventenne, i casini che ho fatto, la mia propensione ai tormenti. Gli racconto di mio padre e del Conte. Di Sologub. Gli dico tutto. Penso che abbia capito, anche se non dice niente. E che non dica niente per eccesso di delicatezza e discrezione.

Ci ho messo dieci anni a capire che stava zitto perché non aveva niente da dire. Che mi aveva ascoltata senza partecipazione, perché quello che dicevo gli era estraneo, un territorio sconosciuto per il quale non provava curiosità. Per lui io ero quel che sembravo: una collega trentenne che aveva vinto un premio importante. Una donna tosta. Una ragazza carina, anche se non il suo tipo. Ma intelligente, quasi quanto lui, cosa che non gli capitava spesso di pensare.

Poi, ci siamo innamorati. Io nel mio solito modo impaziente. Con Pietro, non ho ancora capito se ho sbagliato tutto o ho avuto fortuna: non abbiamo niente in comune, lui e io.

Non si può dire nemmeno che siamo complici, solidali, che ci capiamo, le cose che dicono quelli che stanno insieme da tempo. Noi litighiamo sempre. Discutiamo su tutto. Parliamo lingue diverse e abbiamo gusti opposti. In certi periodi, ci basta stare da soli cinque minuti per litigare. Usciamo per andare al cinema e sulle scale di casa, per una sciocchezza, parte il litigio. Rabbioso, violento. Ci diciamo cose tremende. Al cinema non parliamo e stiamo attenti a non sfiorarci. Dopo il film torniamo a casa in silenzio e andiamo a letto senza dirci buonanotte.

Non ci rivolgiamo la parola per due giorni, e se uno entra nella stanza dove c'è l'altro quello se ne va. A tavola, parliamo solo con le bambine, mai tra di noi, neanche per dire passami il sale, finché uno dei due, solitamente io, a un certo punto cerca di far la pace. «Dài, dammi un bacio.» Se l'altro non accetta subito, è guerra: una settimana feroce. Io parlo di divorzio. Ci scriviamo mail cattive. Lui dice che sono prepotente e sventata. Io che lui è immaturo e superficiale. C'è una tensione angosciante.

Poi un mattino, stremato, uno chiede: «Vuoi il tè?», e riprendiamo a parlare. Lui mi dà una carezza. Io lo abbraccio. E ricominciamo. Fino al litigio successivo.

Non credo alla teoria degli opposti che si attraggono: noi non ci sopportiamo. Siamo l'uno l'incarnazione del fatto che l'altro è un fallito e la sua visione del mondo è un disastro. Ci ringhiamo contro per ogni stupidaggine, stiamo male. Eppure siamo ancora insieme, e abbiamo due bambine. Secondo Adriana non ci siamo ancora lasciati per la capacità che ha Pietro di distrarsi, interessarsi ad altro, farsi i fatti suoi. Per il suo pretendere poco da me.

«Un altro ti avrebbe già buttata dalla finestra. E se non l'avesse fatto sarebbe perché l'avresti buttato prima tu, come hai fatto con gli altri.»

Io, quando sto bene, penso che a tenerci insieme sia

un mistero. Un bel mistero. Impenetrabile, incantato, denso di cose non dette. Penso che la nostra incapacità di comunicare sia romantica: destino, non distrazione come sostiene Adriana.

Comunque ora Pietro è partito. Recuperato il cellulare, ho scoperto che era già all'aeroporto di Alghero.

«Ho un lavoro a Graz. Mi spiace per il nostro anniversario, bellezza» mi ha detto al telefono. Lui parla così, come un detective di Raymond Chandler.

"'Fanculo l'anniversario" penso. Tanto litighiamo sempre. Non c'è compleanno, anniversario o Natale che non litighiamo. Quasi sempre per colpa mia. Non riesco a non avere aspettative, che sono regolarmente disattese.

Questo lavoro a Graz, un documentario sul museo di Arte moderna per la televisione austriaca, è provvidenziale. Di sicuro il quadro di Tamponi non gli sarebbe piaciuto. Troppo triste. Non me l'avrebbe detto, ma io l'avrei capito e mi sarei arrabbiata. Gli avrei dato dell'ignorante e lui mi avrebbe dato della pazza. Molto meglio che sia partito, anche se mi dispiace. Ho un nodo di rabbia alla gola. Lui che non lavora mai, doveva partire proprio il giorno prima del nostro anniversario?

Pietro fa il regista di documentari d'arte, ma accetta solo i lavori che gli piacciono molto, pochissimi. Se lo può permettere. Tanto, che gli frega? C'è la pazza masochista che gode a fare i film commerciali per mantenere la famiglia.

La verità è che quando Pietro è via mi stanco meno. Non perché pretenda qualcosa da me, anzi. Fosse per lui, si nutrirebbe di panini e Coca-Cola. Se non rifasi il letto per un mese non direbbe niente, al massimo se lo rifarebbe da solo. Se ammonticchiassi i vestiti sulla sedia fino al soffitto, non darebbe segno di accorgersene.

Lui è ordinatissimo. Ha due camicie, tre magliette e due paia di pantaloni che tiene dentro al suo zainetto, sempre pronto per partire. È autosufficiente: fa quel che ha voglia di fare, quando ne ha voglia, e non chiede mai niente, non ha bisogno di nessuno. Da una parte il suo carattere indipendente mi fa comodo, dall'altro mi irrita.

In tre settimane che siamo al mare non ha fatto un bagno. Non ha portato nemmeno il costume. È bianco latte, tranne su un braccio perché si abbronza al volante, andando in paese a comprare i giornali. Al mattino si alza tardi e si attacca al computer. Ci sta davanti centocinquanta ore al giorno. Poi prende la macchina e va a far colazione al bar. Quando noi pranziamo si siede a tavola un po' storto, beve una Coca-Cola, mangia un pezzo di formaggio. E tormenta Lucia. Per come sta seduta, per il modo in cui tiene le posate, per come risponde a sua sorella. A Rosa Pietro non dice niente, anche se mangia peggio di Lucia.

«Perché lo fa con grazia» dice, se glielo faccio notare.

Iniziano le discussioni.

Quando è esasperato, lui sostiene che è colpa mia se le bambine sono due bestie. Dice che non le so educare. Che do troppe regole ma basta che insistano e le lascio fare tutto. Non è vero che le bambine sono due bestie, sono educate ma bambine: lui è così impaziente con Lucia perché somiglia a me.

Dopo pranzo, fa il caffè e si riattacca al computer, o legge i giornali. Se va bene, carica la lavastoviglie. Se ci sono pentole da lavare, le lascia dove sono. Chissà cosa pensa delle pentole, Pietro. Che siano autopulenti, o si autodistruggano. Nel suo hard disk la pentola da lavare è un'applicazione che non compare. Come pulire il fornello e il lavandino o spazzare il pavimento: programma non disponibile.

Al tramonto, qualche volta, ci raggiunge in spiaggia. Beviamo un aperitivo tutti insieme da Graziano, guardando il mare. Lui e le bambine bevono succo di pera. Io, un bicchiere di vino. Pietro, dopo dieci anni, non ha ancora capito che l'alcol mi fa male. A Milano non bevo mai, ma qui, per sopportare la convivenza, bevo qualcosa ogni sera: mi rilassa.

Se ne sono accorte perfino le bambine. Lucia ieri mi ha detto: «Non bere la birra, mamma, che poi svieni». L'anno scorso sono svenuta per una congestione da birra gelata. Pietro, due sere dopo, al ristorante, mi ha chiesto: «Cosa bevi?». Lui è astemio, ma un file nella sua mente dice che d'estate a cena io bevo vino o birra. Non mi chiede perché durante l'anno non bevo mai. Registra l'evidenza.

Il giorno del nostro anniversario, al risveglio, le bambine corrono in giardino a recuperare, su istruzioni telefoniche del padre, un cestino nascosto nella cuccia vuota del cane. È un bellissimo cestino sardo, di paglia intrecciata, tutto colorato. Dentro, su un letto di elicriso, il fiore che profuma di liquirizia, c'è un biglietto con scritto: "Ti amo, baby" e una scatola con un braccialetto antico, che io non mi sarei mai comprata perché è troppo bello.

Pietro, amore mio.

16

Abito a Milano da tre mesi, e da tre mesi vado al lavoro in centro con il tram numero ventiquattro.

L'agenzia di direct marketing a cui mi hanno assegnato si chiama Marketbank. È in un appartamento buio, al secondo piano di un palazzotto grigio vicino a piazza Duomo.

Più che un'agenzia di direct marketing, Marketbank è un piccolo call center ante litteram, dove io e altre due impiegate, dirette dal signor Bacci, cerchiamo di vendere al telefono sedicenti ricerche di mercato ai direttori marketing di varie aziende, dei quali ogni lunedì mattina l'ingegner Montanari, capo supremo di Marketbank, ci dà i numeri di telefono.

I fascicoli, una cinquantina di pagine scritte larghe, piene di grafici, numeri e titoletti, stanno in un raccoglitore di plastica bianca ad anelli con la scritta "Ricerca di mercato Marketbank" in grigio scuro e il logo, una M maiuscola in carattere Arial Bold, racchiusa dentro a un cerchio.

Secondo il signor Bacci, che si vanta di essere un grande esperto di marketing e supervisiona con pignoleria le ricerche compilate da giovani laureati in

Economia, quei fascicoli svelano i segreti del mercato di cartoni da imballaggio, vernici industriali, ricambi per macchine agricole, mobili per ufficio e altri prodotti di pari fascino.

Noi tre venditrici passiamo la giornata al telefono, ognuna chiusa nella sua stanzetta di due metri per tre con finestrella sul cavedio e luce al neon, cercando – prima – di farci passare al telefono dalle loro segretarie i direttori marketing suddetti, poi di convincerli a comprare uno studio sul loro settore per un milione e seicentomila lire, decantando le informazioni che, una volta in loro possesso, renderanno le loro aziende assai competitive.

È un lavoro squallido, ma so che lo farò per poco.

Mi sono procurata la lista delle venti maggiori agenzie di pubblicità di Milano e ho spedito a tutte un curriculum che magnifica il mio inglese fluente e la mia borsa di studio da account executive. Il tutto accompagnato da una brillante lettera scritta a mano, in cui sostengo di essere nata per quel mestiere. Anche se non ci credo, è quello che mi sono messa in testa di dover fare, il mio pensiero dominante, l'obiettivo che mi sono prefissa. Sta finendo il 1984 e lavorare in pubblicità, a Milano, sembra una prospettiva affascinante.

Le mie colleghe sono la signora Mostri e Robertina.

Robertina ha ventisei anni, cinque più di me, e viene al lavoro ogni mattina in auto da Pioltello, dove i suoi genitori sono emigrati dalla Puglia e hanno aperto una rosticceria che poi è diventata un ristorante. Robertina è scheletrica, ha il naso aquilino e lunghi capelli ricci: è una di quelle ragazze bruttine che cercano di valorizzarsi con calze a rete, tacchi a spillo e minigonna, peggiorando il risultato. Non paga dell'abbigliamento vistoso, fa il pagliaccio tutto il giorno, raccontando le sue disavventure sentimentali, parlando di sé in terza persona, esprimendosi per tormentoni e stacchettando senza sosta da una stanza all'altra con le sue scarpette a punta di vernice rossa.

In questo modo si è creata il personaggio di «quella matta della Robertina», come la chiamano il ragazzo del bar, il pony express e il signor Bacci. Io evito di rivolgerle la parola per non essere coinvolta nei suoi scherzi a voce alta, che l'ingegner Montanari, un quarantenne belloccio che va e viene dall'ufficio con aria indaffarata, tollera, pensando forse che alimentino lo spirito di gruppo della squadra sgangherata che lui chiama «i miei uomini», cioè noi.

La signora Mostri mi piace. Guarda tutti dall'alto in basso, con aria da nobile decaduta costretta a questo lavoro ignobile da un rovescio di fortuna.

Ha una sessantina d'anni, gli occhi verdi sottolineati con il kajal e un'acconciatura complicata, una specie di chignon cotonato. Indossa camicette bianche, foulard di seta e orecchini antichi. È una venditrice abilissima, molto apprezzata dal signor Bacci e dall'ingegner Montanari, perché con i suoi modi aristocratici riesce ad agganciare al telefono i direttori marketing e a rifilargli una ricerca al giorno, mentre Bacci e Robertina ne piazzano in media un paio a settimana.

Dopo un mese che lavoro nella stanza di fianco alla sua senza che ci siamo quasi mai parlate, un pomeriggio la signora Mostri entra nel mio loculo e si avvicina alla scrivania.

«So che tuo padre è mancato da poco» dice togliendosi gli occhiali e guardandomi negli occhi, «se vuoi affidarmi un messaggio per lui glielo trasmetto, io parlo con i morti.»

Sono più sbalordita che la signora Mostri parli con me che non della notizia che parli con i morti, e accetto subito la proposta, ringraziandola esageratamente, come se quel che mi ha proposto fosse la cosa più naturale e garbata del mondo.

Scrivo sotto ai suoi occhi, dal momento che rimane impalata di fronte a me con aria d'attesa, un biglietto affettuoso per mio padre, strappando un foglio dal quaderno delle telefonate che ho davanti. Lo firmo con il nomignolo con cui mi chiamava da bambina, piego il foglio in quattro e glielo consegno. Lei lo prende con aria schifata, come se si fosse aspettata che le consegnassi una pergamena vergata a penna stilografica invece che quel foglietto, ma lo infila ugualmente dentro al portaocchiali di velluto ricamato che porta appeso al collo.

Per due settimane, la signora Mostri non mi rivolge la parola. Un pomeriggio lugubre e piovoso ricompare, lugubre anche lei, nella mia stanza, dicendo che la seduta spiritica è andata a buon fine e il messaggio ha fatto piacere a mio padre.

Sono sollevata, temevo andasse peggio. Temevo che la signora Mostri mi dicesse che il babbo non stava bene, o si lamentava di me: in quel caso sarei stata tentata di credere che la signora Mostri parlasse veramente con i morti.

Invece, così, posso tranquillamente star certa che non sia vero niente: io prendo sul serio solo le cose negative minimizzando o ignorando quelle positive, come se fossi affetta da una strana miopia e riuscissi a mettere a fuoco solo ciò che è brutto. Come se fosse vero e reale solo quel che fa soffrire, e il resto scontato o inutile.

Sono così da sempre, non penso di poter cambiare.

Vorrei ringraziare la signora Mostri con dei fiori, ma ho così pochi soldi che, nella pausa pranzo, mentre Robertina va in palestra o dall'estetista a depilarsi e il signor Bacci pranza in trattoria, io mi preparo un panino rubando una confezione di prosciutto nel supermercato di fronte per farcirci due fette di pane di segale portate da casa.

Di solito, poi, faccio un giretto in libreria o in qualche grande magazzino lì nei pressi, per poi tornare in ufficio a mangiarmi il panino chiusa nella mia stanzetta, bevendo acqua del rubinetto e leggendo il "Corriere della Sera" di Bacci.

Mi limito perciò a sorridere alla signora Mostri ogni volta che ci incrociamo, sulle scale o in bagno. Lei non ricambia mai il sorriso e mi saluta con freddezza, sollevando il mento. Sono pazza di lei, come di tutti quelli che mi snobbano o mi maltrattano: lei sì che ha capito chi sono, cosa mi merito.

La notte tra il quattordici e il quindici gennaio del 1985 nevica tanto che la città si blocca. La radio dice che da cent'anni a Milano non nevicava così. Al mattino i mezzi pubblici non funzionano, decido di andare in ufficio a piedi. Non mi sfiora l'idea che potrei non andare al lavoro.

Da casa al Duomo sono sei chilometri.

A metà strada, i miei stivaletti di pelle sono così fradici e distrutti che sono costretta a comprare in uno dei pochi negozi aperti un paio di scarponcini impermeabili di due numeri più grandi, gli unici rimasti, augurandomi che l'assegno da settantamila lire che compilo sia coperto. Arrivo al lavoro alle undici, con due ore di ritardo rispetto al solito orario. In ufficio non c'è nessuno, tranne l'ingegner Montanari, in jeans e maglione, che sistema delle carte sulla sua scrivania.

Vedendomi entrare, rimane stupefatto.

Sembra molto colpito dalla mia decisione di andare al lavoro con questa neve e mi guarda come se mi vedesse per la prima volta. Parliamo della nevicata eccezionale, delle strade quasi completamente bloccate e di Robertina che ha telefonato dicendo che da Pioltello non ci si muove.

Improvvisamente, Montanari smette di sistemare le carte, si appoggia alla scrivania, incrocia le braccia e mi fissa con aria divertita.

«Sai cosa sei tu? Una che non si sa vendere. Stai sempre chiusa nella tua stanza, non socializzi, non parli. Come mai?»

In effetti, trovando Marketbank un posto orrendo, non ho fatto nulla per farmi notare, anzi. Dal primo giorno, pur mettendocela tutta per infinocchiare al telefono i direttori marketing e vendergli uno studio Marketbank, ho lavorato per andarmene al più presto da lì, e proprio ieri ho ricevuto la lettera di una delle agenzie di pubblicità più importanti di Milano, dove ho fatto un colloquio prima di Natale, che mi offre un posto da account executive junior nel suo reparto direct marketing.

Anche se il direct marketing mi fa schifo ho accettato subito, pensando che una volta dentro cercherò di farmi trasferire all'agenzia principale, quella che fa le campagne pubblicitarie per i grandi clienti e vince ogni anno un premio al festival della Pubblicità di Cannes.

Rivelo a Montanari che sto per andarmene. La scarpinata di due ore nella neve mi ha galvanizzata e mi sento invincibile. Quando sente il nome dell'agenzia che mi assumerà, rimane sbalordito. Sembra sinceramente contento per me.

«Ma pensa te, bravissima che sei.»

Mi dice di dargli del tu e mi offre un caffè. Rispondo che lo ringrazio ma il caffè della macchinetta mi fa schifo. Lui ride come se avessi detto una cosa esilarante.

«Mi sa che sono un coglione a non averti notata prima. Se ti assumo rimani?»

Io sorrido e dico no.

«E fai bene, fai, cara mia, benissimo! Sei mica scema tu» sghignazza.

Ci stringiamo la mano. Ormai ci sentiamo due compari, fatti della stessa pasta. Si offre di riaccompagnarmi a casa con la sua Land Rover e accetto. Scendiamo le scale chiacchierando, insiste per offrirmi un caffè vero al bar sotto l'ufficio. Il barista mi guarda incuriosito: non aveva mai notato che fossi amica del capo. Prendiamo la macchina al parcheggio sotterraneo di fronte, che è semivuoto e mezzo allagato. La Land Rover mi sembra enorme: nel sedile posteriore ci sono due seggiolini per bambini, libri e pupazzi.

Lungo il tragitto, Furio, come mi impone di chiamarlo, racconta dei tre figli che vanno alla scuola americana, della moglie decoratrice d'interni e delle due nuove agenzie Marketbank che vuole aprire a Roma e a Torino. È un viaggio surreale: Milano è bellissima, deserta e ricoperta di neve. A metà strada, Montanari se ne esce a dire che Robertina è una gran racchia. Ridiamo. Poi mi confida che la signora Mostri non è una nobile decaduta ma una ex ragioniera allontanata dal precedente posto di lavoro perché sospettata di furto: «Ma è la mia miglior venditrice, un mastino, quella carogna». Infine, racconta che il signor Bacci non è un esperto di marketing, ma un baby pensionato delle ferrovie che lavora in nero per lui da anni, prima come autista tuttofare e ora come capoufficio.

«Altro che marketing, non ne sa una mazza. Ma è fedelissimo, il mio Baccione, mica come te, che sei una bella furba» sghignazza salutandomi con un bacio sulla guancia davanti al mio portone, semisepolto dalla neve.

17

Adriana ha amici dappertutto. Tiene i contatti, ricorda i compleanni, telefona, scrive cartoline: tutti vogliono bene a Adriana, tutti la chiamano quando vengono a Milano. E lei ogni volta mi propone di vedere la sua amica di Pesaro, il suo amico palermitano, i francesi che ha conosciuto in treno, i compagni del corso di yoga in Toscana.

Io non accetto mai: uscire durante la settimana è un'impresa sproporzionata alla mia poca voglia di socializzare. Mi costringo a uscire il sabato, per non intristirmi troppo, ma non mi diverto quasi mai. Stazionare davanti ai bar mi deprime, e cene o feste in casa di questo o quello sono sopportabili solo con una quantità d'alcol che poi devo smaltire. Vorrei essere capace di andare al cinema da sola, come facevo a Londra, ma qui a Milano c'è un'atmosfera diversa.

Gli amici milanesi di Adriana sono del genere alternativo che si fa le canne, va al mare in Spagna e ascolta Radio Popolare. Mi piacciono più dei miei compagni di scuola di Verona, ma non mi sento del tutto a mio agio neanche con loro.

La sera del quindici gennaio 1985 Adriana mi chiede se vado a cena dal suo amico di Napoli.

Luigi, l'amico di Napoli, è di un altro genere, borghese. Ha invitato Adriana a cena da «mio cugino di Milano Due» e le ha chiesto di portare anche un'amica. Nessuna delle persone che frequentiamo di solito direbbe frasi come "porta un'amica", e soprattutto nessuno vuole uscire con questo tempo, ma io sono di ottimo umore per la camminata del mattino e la conversazione con Montanari. Decido di accompagnarla.

Non so come arriviamo fin laggiù, ma con la neve sembra bella persino Milano Due, tutta bianca.

Il cugino di Luigi ci apre la porta in pantaloni di velluto a coste bianchi, camicia azzurra aperta sul petto abbronzato e grembiule rosso legato sui fianchi stretti. Ci bacia e abbraccia mettendoci in mano un calice di champagne. Ci sono candele accese dappertutto e una musica orientale di cimbali.

Si chiama Ermanno: Luigi ha detto che è napoletano ma vive a Milano da dieci anni e importa mobili dall'Indonesia. È stempiato, con i capelli biondi e ondulati un po' lunghi sul collo, il naso da Pulcinella e la pelle bruciata dal sole. Mentre la parmigiana di zucchine finisce di cuocere nel forno ci offre taralli al pepe e altro champagne. Ha trentadue anni, undici più di me, ma ne dimostra almeno quaranta. Racconta di essere atterrato da Bali un'ora prima che chiudessero l'aeroporto per la neve.

Ho una Polaroid, ormai sfasciata, scattata quella sera: io, in pantaloni di pelle verde, rido e tendo un calice a Ermanno. Lui fa una smorfia tirando in dentro le guance e spalancando gli occhi da iguana.

Adriana e io torniamo a tarda notte, in taxi, su di

giri per l'uscita notturna nella neve e i due napoletani così diversi dai nostri soliti amici, che di sicuro non ci offrono champagne.

Ermanno mi telefona la mattina dopo, in ufficio, e mi invita a uscire a cena la sera stessa.

Passa a prendermi a casa alle otto e mezzo, con la sua Alfetta grigia con le gomme da neve, in doppiopetto gessato e cravatta perché è appena uscito dal lavoro. È la divisa da manager, ma a me, che non ne ho mai visto uno da vicino – Montanari in ufficio veniva senza cravatta –, la combinazione Alfetta e gessato fa mafioso, la trovo eccitante.

Mi porta in un ristorante di lusso, deserto per via della nevicata, dove i camerieri lo chiamano "dottore" e conoscono i suoi gusti. Mangiamo branzino al sale, beviamo champenois.

Per dessert, Ermanno ordina ananas al maraschino, ma lo rimanda indietro dicendo che è aspro. A me sembrava buono.

A cena, mi racconta che suo padre e sua sorella fanno i medici di base al Vomero, e che lui si è laureato in Giurisprudenza, ma non voleva restare a Napoli, voleva viaggiare. È stato due anni in Brasile, poi ha scoperto Bali e ha cominciato a produrre mobili da giardino in legno e bambù. Per tre anni ha abitato sei mesi a Bali e sei a Milano, ma ora l'impresa si è ingrandita talmente che riesce ad andare in Indonesia solo due volte all'anno.

Ermanno è premuroso e accogliente e non nasconde quanto gli piaccio. Quindici giorni dopo, lascio l'appartamento dei torinesi e mi trasferisco a Milano Due.

Più che a una casa, l'appartamento di Ermanno assomiglia a un night. Ha la moquette marrone in ogni stanza, persino in bagno. È arredato con mobili balinesi, grandi statue di legno raffiguranti Garuda e quadri naïf. Non c'è nemmeno un tavolo da pranzo: si mangia sui cuscini, a gambe incrociate, davanti al tavolino basso del soggiorno, e le luci, lampade ricavate da gusci di tartaruga, sono troppo basse.

Ermanno dice che vuol prendersi cura di me. Mi vizia, ed è piacevole.

Ha una cameriera veneta di nome Angelina che in casa fa tutto: lava, stira, pulisce e prepara la parmigiana di zucchine, variante leggera della parmigiana di melanzane. Ci incrociamo sulla porta di casa, quando lei arriva e io esco per andare al lavoro. I primi tempi non mi saluta, ma quando una mattina rimango a casa con l'influenza e le dico che sono di Verona si illumina: «Io di Bardolino!», e mi prepara il brodo di pollo.

Ermanno mi spiega che Angelina è prevenuta sulle ragazze che si fermano a dormire lì.

«Ma erano diverse da te» dice. Provo a farmi spiegare com'erano, queste ragazze, ma cambia discorso.

Un giorno lo chiedo ad Angelina, che si limita a dire: «Le tose? Belle lustre!», e mi prepara il lesso con la pearà, la salsa al pepe che faceva mia madre.

Ermanno si fa mandare la spesa a casa da un negozio di specialità napoletane: mozzarella, taralli, pastiera. Prima di rincasare passa da una pescheria del centro dove compra orate o branzini che cucina al forno, con patate, capperi e olive. Il miglior fruttivendolo di Milano gli spedisce regolarmente pomodori sardi, rucola, nespole e chichingeri.

Non ho mai più incontrato nessuno che comprasse i chichingeri, come Ermanno.

Vivere con lui è una pacchia. La sera metto nel cesto della biancheria sporca le mie camicie di seta rubate alla Rinascente e due giorni dopo le ritrovo stirate nel cassetto. Non devo occuparmi di nient'altro che del mio lavoro all'agenzia di pubblicità.

D'estate, il venerdì pomeriggio, prendiamo l'aereo e andiamo a Napoli. In un'ora di aliscafo siamo a Capri o a Sant'Angelo d'Ischia, a fare il bagno. Quando scendiamo per l'aperitivo, dopo la doccia, Ermanno mi compra un regalo alla boutique del porto: un costume da bagno, una cintura, una camicia. Ceniamo sotto ai limoni, pranziamo su un gozzo dondolante con pesche gialle e vino di Fiano. Io mi abbronzo in fretta: Ermanno dice che sembro una fanciulla di Gauguin.

Sono come una convalescente nel sanatorio de *La montagna incantata* in versione partenopea. Ermanno si è innamorato: fuori fanciulla di Gauguin, dentro giovane incasinata, devo sembrargli una combinazione affascinante, diversa dalle fidanzate "belle lustre" di prima. Cerca di colmare le mie voragini con amore devoto e pastiera. Io mi affeziono, e ingrasso.

Però comincio a irritarmi, proprio dal macellaio, sentendo Ermanno pretendere «il filetto migliore»: penso che se il macellaio dà la carne migliore a noi, rifilerà quella peggiore a un altro. Stessa cosa al ristorante: Ermanno chiede sempre un trattamento di favore. Non c'è posto? «Avanti, un tavolo per noi lo deve trovare.» Io mi vergogno. Ermanno ama i piaceri e i privilegi. Io, logorata dai dolori degli ultimi anni, mi lascio viziare, ma tutte queste comodità mi sono estranee. Troppo benessere mi sembra ingiusto e noioso.

Non so se posso amare un uomo così.

18

Soffro di tonsilliti acute, ogni due mesi ho la gola ricoperta di placche e mi viene la febbre alta.

Lui ha trentacinque anni e la fama di miglior medico omeopatico di Milano.

Capelli ricci, occhiali di metallo, un tono di voce basso e monotono, da prete. Si chiama Alessandro, Alessandro Santiago. È il medico di Ermanno, che si concede il meglio di tutto: mi ci ha mandata lui.

Alessandro Santiago mi visita per la prima volta un pomeriggio di novembre, nel suo studio pieno di libri, illuminato solo da una lampada appoggiata sulla scrivania di legno scuro.

Dopo avermi scrutato la gola e interrogato a lungo: «Le danno fastidio gli spifferi? Prova più sollievo con le bevande calde o fredde? Ha spesso paura di essere ingannata?» mi fissa con aria grave.

Poi sentenzia: «Lei ha un karma pesante, signorina».

Io lo so di avere il karma pesante, ma resto male lo stesso.

Vi sembra una cosa da dire a una ventenne con le placche in gola? A una ragazza infelice?

Mi innamoro di lui.

Con Ermanno sono di nuovo ingrassata, golosa degli sfizi che mi prepara. Un pomeriggio vado a mostrare le analisi del sangue a Santiago, che dopo avermi curato le tonsille si sta occupando del fegato.

Seduta di fronte alla sua scrivania, su una sedia di legno, lo osservo con il mio sguardo più intelligente e rispondo alle sue domande con battute fulminanti. Come fa a resistermi? Mi piace tanto, così distaccato mentre parla di stitichezza. Sento che c'è qualcosa d'importante, tra di noi.

«Lei sa che deve dimagrire, signorina?» fa all'improvviso.

Nessuno me l'ha mai fatto notare così brutalmente. Rispondo che mangio molti carboidrati perché fanno bene al fegato, e lui mi ride in faccia.

Alla visita seguente ho già perso due chili. A quella dopo un altro. Sono magra e carina come prima di lasciare il Conte, ma sono vestita con il tailleur avvitato e le scarpe con il tacco alto che piacciono a Ermanno e probabilmente non piacciono a Santiago, così alternativo.

Mi presento all'ultima visita prima delle vacanze in pantaloni, camicia e sandali da frate. C'è il sole e lui ha aperto le tende: è la prima volta che vedo tanta luce nel suo studio. Lo trovo allegro e sorridente. Ha una gamba ingessata e i capelli, di solito un po' unti, lavati di fresco.

Inaspettatamente, mi invita a bere un aperitivo al bar sotto al suo studio. «Per salutarci» dice. Inizia a darmi del tu. Racconta di essere caduto in moto.

«Sabato sono andato in campagna dai miei, a Piacenza. I miei stanno in cascina, hanno le mucche. C'era fango e sono scivolato.»

Non lo facevo motociclista. Né contadino. Senza il camice bianco, Alessandro sembra ancora più giovane.

Porta una camicia di cotone sgualcita e dei pantaloni kaki. Mi piace sempre di più e non mi sembra vero di essere lì con lui, seduti al sole. È dalla prima volta che l'ho visto che ne sono innamorata: da mesi gli spedisco a casa poesie d'amore anonime e vagamente persecutorie: "Ti seguirò / dove non saprai di andare...".

Nessuno sa della mia cotta e delle poesie, nemmeno Adriana.

Non lo racconto quasi neanche a me stessa, quanto mi piace Santiago, e non per Ermanno: le cose proibite mi hanno sempre attratto, non è una novità. Ma questa volta è diverso. Alessandro Santiago mi piace davvero: dopo il Conte, è il primo uomo che mi capisce.

La seconda volta che ero andata da lui mi aveva prescritto un farmaco omeopatico di nome Lachesis: «È il veleno di un serpente del Sudamerica, il Surrucucu» aveva detto. «Lei è proprio il tipo.»

Ero corsa a controllare sul manuale di omeopatia: il tipo Lachesis era descritto come "orgoglioso, vendicativo e aggressivo. Caratterizzato da un'alternanza di eccitazione e depressione". Una pazza stronza.

Comunque sia, Lachesis mi fa bene.

Al bar, Alessandro dice che sono stata brava, a dimagrire e soprattutto a guarire. Che le mie analisi sono buone e il fegato è a posto. Brindiamo con la spremuta di pompelmo.

Il giorno dopo, seguendo un impulso Lachesis, gli mando in studio un mazzo di cento rose rosse con il gambo lungo. Le pago un terzo del mio stipendio, trecentomila lire. Non metto biglietti, ma non può non capire che sono stata io, e non mi chiama: ho rovinato tutto.

19

La nuova agenzia è in un palazzo storico di via Borgonuovo, una delle strade più eleganti di Milano. È il primo di febbraio, il mio mese preferito, e oggi ho un appuntamento con il presidente. Non mi ha assunta lui, è stato il dottor Lombardi, capo del reparto di direct marketing, che oggi non ci sarà.

Lombardi mi ha spiegato al telefono che il presidente mi saluterà e poi «tu prenderai possesso della tua scrivania e conoscerai i colleghi».

Sono contenta di incontrare il presidente, per farmi conoscere: il mio piano è essere trasferita il prima possibile in un altro reparto. Anche se la pubblicità continua a non convincermi, spero che in quell'agenzia importante potrò imparare qualcosa di buono.

Ho indossato un tailleur grigio con la giacchina avvitata e la gonna aderente, regalo di Ermanno per l'occasione, e scarpe décolleté con i tacchi alti.

L'ingegner Montanari, se potesse vedermi, sarebbe fiero della mia trasformazione. Accompagnandomi a casa in macchina, il giorno della nevicata, mi aveva sconsigliato di continuare a mettere i pantaloni con le pinces, le camicie da uomo e i maglionacci che indossavo ogni giorno in Marketbank, «che t'infagottano e fanno sembrare un cesso, che non lo sei per niente se uno ti guarda bene, anzi».

Entro nel cortile interno del palazzo stacchettando e salgo lo scalone di pietra fino al secondo piano. Spingo la porta di cristallo che è stata messa al posto di quelle in legno scolpito. Sulla porta sono serigrafati gli indirizzi delle altre sedi dell'agenzia: Parigi e New York. Il soffitto è affrescato ma il pavimento antico è stato ricoperto di moquette rossa.

La signora alla reception è gobba e sta seduta piegata e storta dietro a una scrivania modernissima, una lastra di cristallo appoggiata su tubi cromati. La parete alle sue spalle è ricoperta di monitor sui quali scorrono a ripetizione gli spot dell'agenzia. La gobba mi getta un'occhiata, senza smettere di sfogliare un grosso numero di "Vogue".

Due ragazzi della mia età, che per via degli occhiali dalla montatura grossa e degli abiti trasandati identifico come "creativi", la stanno supplicando di dargli le chiavi del frigorifero della sala riunioni, ma lei li scaccia in dialetto napoletano: «Jatevenne».

Qualche giorno dopo, mentre la guarderò uscire zoppicando avvolta in una pelliccia di visone color miele, mi racconteranno che la sciancata è della provincia di Salerno e suo marito fa il castagnaro: ha uno di quei furgoncini che vendono castagne arrosto in piazza del Duomo ed è così ricco che i loro figli frequentano la stessa esclusiva scuola francese dei figli del presidente.

Il presidente mi riceve nel suo grande ufficio affrescato, con tre portefinestre che danno sulla magnolia e la fontana di pietra liberty del cortile interno.

Davanti al caminetto spento ci sono un divano di pelle Chesterfield e due poltrone, e sul divano dormono due setter color cognac, dal pelo lucidissimo. Ho letto che il presidente è nato ad Alessandria d'Egitto e ha fondato l'agenzia vent'anni fa con un socio libanese.

Quando entro, sta guardando fuori dalla portafinestra centrale e senza voltarsi dice: «Entra entra», arrotolando le *erre* come una cascata di pietre. Sta fumando un sigaro toscano e sembra stia osservando due piccioni accovacciati uno sopra l'altro sulla balaustra di pietra del balcone. Dopo un minuto di silenzio, mentre io aspetto in piedi accanto a un tavolo di legno scolpito sul quale sono appoggiati un telefono, un portacenere di Hermès e una confezione di assorbenti per signora, si gira verso di me.

È pallido, con la pelle del viso segnata da piccoli nei. Porta calzoni di velluto a coste sformati e una camicia a scacchi di flanella consumata. Ha la patta dei calzoni aperta. Continuando a fumare il sigaro e indicando con l'altra mano la sua Jaguar verde parcheggiata in cortile dice, senza farmi sedere né guardarmi in faccia: «Benvenuta alla HBO. Cosa pensi del fatto che ovunque io parcheggi, in questo cortile, i piccioni mi cagano sempre sullo specchietto di destra?».

Avverto il suo disinteresse per me. Sono brava a sedurre personaggi come il dottor Lombardi, che ho rimbambito di chiacchiere sulla mia curiosità per il direct marketing, ma il potere vero mi annichilisce. So di non avere in evidenza nessuna dote che possa interessare un potente: mentre i numeri due o tre, come Lombardi o John, sono attratti da me, con i numeri uno ho sempre avuto problemi, non so se per un mio eccesso di competitività o di insicurezza. Per loro, come per il presidente della HBO, sono trasparente. O, forse, capiscono meglio degli altri quanto sono complicata e piantagrane e mi neutralizzano con l'arma migliore, l'indifferenza.

Non mi viene nessuna battuta sui piccioni, così sorrido alzando le spalle: «Provi a venire in metrò».

Il presidente non ricambia il sorriso, mi lancia un'occhiata gelida e dice: «Qui ci diamo tutti del tu». Fa segno con la mano che deve fare una telefonata, mi lancia un cenno di saluto e afferra la cornetta del telefono.

All'uscita dall'ufficio del presidente, la receptionist sciancata mi indica una scaletta a chiocciola che porta alla mansarda del reparto direct marketing e mi dice che da quel giorno devo salire in ufficio direttamente dalla scala di servizio nel cortile, senza passare dall'agenzia.

Mi arrampico sulla scaletta e mi ritrovo davanti a una porta di ferro dipinta di bianco. La spingo e sbuco in uno stretto corridoio che dà su un abbaino di due stanze. Ornella e Pizzicotti, i miei nuovi colleghi, mi stanno aspettando in piedi, davanti alla fotocopiatrice.

20

Il reparto direct marketing della HBO ha la moquette blu, invece che rossa, e schedari e scrivanie bianchi e dozzinali al posto dei mobili di design.

Davanti alla porta di ferro troneggia una grande fotocopiatrice, per entrare nel corridoio bisogna mettersi di traverso e strisciare un po' contro il muro.

Ornella mi spiega subito che, «siccome i clienti tanto quassù non vengono», loro non hanno bisogno di grandi spazi. Una delle stanze è quella del dottor Lombardi, e in quel momento è chiusa; nell'altra ci sono tre scrivanie.

Due, una di fronte all'altra, sono occupate da Ornella e Pizzicotti, mentre la terza, appoggiata alle loro a formare un rettangolo, sembra aspettare me.

Non capisco come mai i miei nuovi colleghi sembrino così contenti di vedermi, visto che dovranno ulteriormente condividere un piccolo spazio, reso ancora più angusto dal tetto spiovente e dai molti schedari appoggiati lungo i muri, ma sembrano davvero felici del mio arrivo.

Ornella avrà quarant'anni, ma è truccata e pettinata come l'anziana cassiera di un cinema porno: messa in piega di corti riccioli gialli, lenti spesse da miope, ombretto azzurro, camicetta rosa pallido con colletto di pizzo, pantaloni di gabardine beige e scarpe da riposo. Profuma di naftalina, come Eta Beta, e ha lo smalto rosa sulle unghie delle mani, grandi e robuste.

Come apprenderò in fretta e nei dettagli, tutta la vita di Ornella ruota intorno alla Valtellina, dove è nata e dove torna ogni venerdì sera dal padre viticoltore. Da quindici anni, da quando fa la segretaria del dottor Lombardi, Ornella si è trasferita a Milano e abita per cinque giorni alla settimana in un monolocale di Lambrate, ma non ha ancora fatto il cambio di residenza «perché tra dieci anni, quando l'ingegnere va in pensione, torno al mio paese e apro una cartoleria, sai gioia?».

È curioso che una ragazza arrivata a Milano a venticinque anni si sia mantenuta così impermeabile ai costumi metropolitani, ma Ornella, come dichiara con orgoglio, è rimasta «una ragazza di montagna».

Pizzicotti somiglia in modo impressionante al John di Londra. Potrebbe essere suo fratello. Ha la carnagione chiarissima e gli occhi azzurri slavati, ma a differenza di John ha uno sguardo mite, da buono. Mi comunica timidamente che abita a Gorgonzola, un paese fuori Milano, e capisco che "Pizzicotti di Gorgonzola" è il suo titolo, una dimensione a cui è profondamente legato. Vive in una villetta bifamiliare, è sposato con una maestra «di Gorgonzola anche lei» e hanno una figlia di sei anni. Si occupa della stampa e della fotolito dei materiali pubblicitari. Viene al lavoro ogni mattina in metropolitana.

«Appena mezz'ora: meglio che se abitassi a Milano. Che poi non ci abiterei manco morto.»

Ha trentadue anni, ma come Ornella ne dimostra dieci di più, forse per via del completo grigio antiquato e dei pochi capelli in testa.

Ornella e Pizzicotti mi raccontano in tono ammirato che il dottor Lombardi «fa tutto lui: tiene i rapporti con i clienti, passa i briefing ai creativi, parla con i fornitori». Io diventerò «il suo braccio destro», come mi ha spiegato durante il colloquio, «e sa Dio che bisogno ne ha, sai gioia?» sospira Ornella.

Ricordo il dottor Lombardi, che ho visto una sola volta, come un sessantenne ben conservato, in giacca blu con i bottoni d'oro e una Muratti sempre accesa in bocca. Mi ha voluto incontrare nella saletta di un hotel del centro, e ora che vedo il posto dove dovrò lavorare capisco perché. Mi è stato subito simpatico perché sembrava uscito da un rotocalco degli anni Cinquanta, ma è difficile immaginare di poter diventare il suo braccio destro.

Ornella mi spiega, senza mai prender fiato, che l'agenzia di direct marketing originariamente apparteneva a Lombardi, che è di Varese «divorziato senza figli» – ci tiene a precisare –, e che l'ha comprata HBO due anni prima.

Inizio a intuire perché Pizzicotti mi guarda con quell'aria riconoscente: è arrivata la persona che deve salvarlo dalla logorrea di Ornella. Invece lei sembra sinceramente sollevata che qualcuno sia venuto a dare una mano al dottor Lombardi «che lavora decisamente troppo per uno che fuma e ha tre bypass, sai gioia?».

Mi sento subito a mio agio con Pizzicotti e Ornella, i reclusi dell'abbaino, e mi siedo soddisfatta alla mia nuova scrivania. Sento che qui non ho nulla da temere: anzi, da quassù potrò studiare meglio i personaggi intravisti al piano di sotto, che ora mi inquietano.

Ornella e Pizzicotti non lo sanno, ma io diventerò la stella di tutta quella baracca. E come Cenerentola, li saluterò con un bacio, per andare al ballo.

21

Rimango con Ornella e Pizzicotti un anno e mezzo, prima di riuscire a farmi trasferire di sotto.

Un anno e mezzo di cappuccini con tanta schiuma portati dal ragazzo del bar alle nove e mezzo in punto, di risate come a scuola con Pizzicotti alle spalle di Ornella, di viaggi silenziosi a Lugano con Lombardi per visitare il suo cliente più importante, la Bowee Bank.

Se la pubblicità mi attira poco, il direct marketing mi disgusta. Ore a discutere di disegni insulsi e sciocche lettere che dovrebbero convincere qualcuno a richiedere un prestito alla Bowee Bank. Infinite telefonate, riunioni, documenti e fax. Ai miei occhi, tutto tempo perso. Non chiederei mai un prestito perché mi è arrivata a casa la lettera di una banca che me lo propone in tono scherzoso, dentro a una busta ornata da disegnini infantili. La cestinerei senza nemmeno aprirla, quella stupida busta. Ma io, come dice Lombardi, non sono in target: troppo giovane e troppo acculturata.

Pur non essendo in target, mi piace sentirmi finalmente una persona integrata, normale, con uno stipendio e degli orari fissi.

Mi piace prendere la metropolitana ogni mattina alla stessa ora, incontrare sempre le stesse persone lungo il tragitto, chiacchierare con Ornella e Pizzicotti e uscire dall'ufficio alle sei del pomeriggio spaccate: dopo i miei casini questa è una specie di *rehab*.

Lavoro diligentemente. Imparo come funziona un ufficio, come si lavora con gli altri. I codici, le convenzioni e i comportamenti di quella cosa che tutti chiamano professionalità.

E poi c'è Ermanno, che la sera mi cucina il branzino e da maggio a ottobre mi porta ogni fine settimana a Capri, a Sant'Angelo d'Ischia, a Forio. Che mi regala vestiti che costano come un mese del mio stipendio, e che per farmi contenta ha lasciato l'appartamento di Milano Due per uno in centro, a tre fermate di metropolitana dall'agenzia.

Ho compiuto ventidue anni ma con Ermanno facciamo vita da coppia benestante senza figli: ceniamo nei migliori ristoranti, andiamo alle mostre, giriamo per mercati dell'antiquariato in cerca di quadri e lampade per arredare l'appartamento nuovo, partiamo ogni venerdì e torniamo la domenica notte, programmiamo vacanze all'estero a ogni ponte possibile. Ermanno mi porta in Indonesia e in Thailandia, alle Maldive, ai Caraibi: ovunque ci siano il sole e il mare cristallino di cui va matto. La vita insieme a lui è piacevole, superficiale e inutile.

Poco alla volta, smetto di rubare nei grandi magazzini e di salire sui mezzi pubblici senza biglietto, ma non di mentire e di essere attratta da ogni trasgressione. Non faccio nulla d'illecito, a parte spedire poesie d'amore anonime al medico del mio fidanzato, ma mi sento spregiudicata e capace di tutto. Ermanno avverte la mia inaffidabilità, ed è vittima di attacchi rabbiosi di gelosia, che mi rafforzano nella decisione di lasciarlo.

Per il mio ultimo giorno di lavoro al reparto di direct marketing, Ornella ha organizzato a casa sua una cena valtellinese a base di pizzoccheri, vino rosso e formaggi.

È una torrida sera di fine luglio, e nel suo monolocale di Lambrate, rivestito di legno, con le tendine ricamate sulle finestre chiuse per le zanzare, ci sono ventotto gradi. Ermanno mi ha accompagnato e, gentile come sempre, mangia e beve tutto quel che gli propina Ornella. Al momento della grappa diventa grigio, e comincia a sudare freddo. Lo facciamo sdraiare sul copriletto a rose marroni e verdi del lettone di Ornella. Respira male, mi dice di telefonare al suo medico e chiedergli cosa prendere.

Sono le dieci di sabato sera, chiamo Santiago a casa, mi risponde. Da quando gli ho mandato quelle sciagurate cento rose rosse non ci siamo più sentiti. Prescrive con il suo tono lento e pedante una monodose di Nux Vomica. Per esorcizzare l'emozione che provo nel sentire la sua voce faccio una battuta sarcastica sul fatto che stia in casa da solo il sabato sera.

«Veramente non sono solo, Eugenia» risponde.

Mi ha chiamata per nome. Non so cosa darei per baciarlo, e anche per dargli un cazzotto.

Pizzicotti e io usciamo insieme nell'afa della notte, alla ricerca di una farmacia aperta: con le lacrime agli occhi Pizzi, come lo chiamo, mi dice che non può nemmeno pensarci, che dal giorno dopo rimarrà di nuovo solo con Ornella.

«Ti dimenticherai subito del tuo Pizzi di Gorgonzola, lo so.»

Prometto che andrò a trovarlo sempre, che continueremo a pranzare insieme al self-service dove mi ha raccontato tutta la sua vita: gli studi da perito, il matrimonio con Patrizia, la barchetta di due metri che tiene sul lago Maggiore, la suocera che per lui è come una mamma perché la sua, di mamma, è morta quando era piccolo. Troviamo la farmacia aperta e portiamo a Ermanno la sua monodose di Nux Vomica.

Ornella gli ha preparato una camomilla e sta riprendendo colore. Si è fasciato lo stomaco con una delle sue sciarpe shatush morbide e leggere. Mi sembra di non averlo mai amato veramente, ma non è vero: l'ho amato più che potevo. Non abbastanza.

22

Il Pollo e io andiamo a Ivrea tutti i martedì, a trovare il cliente. La prassi vuole che si vada con una macchina in affitto, mai in treno come piacerebbe a me.

Leopoldo Poldi Bini, detto il Pollo, è il mio account senior. È biondo, appassionato di cavalli e abita in via Cappuccio con la moglie Gentucca Galli, figlia dei biscotti Galli. Veste all'inglese e quando racconta storielle i suoi occhietti gialli ammiccano.

Quando non racconta storielle parla di cavalli, o dell'Inter, la sua squadra del cuore. A modo suo il Pollo è spiritoso e affettuoso, ma sono sollevata quando ci accompagnano a Ivrea anche i media e i creativi.

I media sono in realtà una persona sola: Stefania di Cusano Milanino. Stefania ha l'apparecchio ai denti e quando siamo a metà strada, nei pressi dell'autogrill di Novara, racconta del marito odontotecnico che, dopo averle impiantato l'apparecchio, l'ha lasciata il giorno del primo anniversario di nozze proprio in quell'autogrill, mentre andavano a Courmayeur. Piangendo, le ha confessato di essersi innamorato di un'altra, e lei non è voluta risalire in macchina.

A questo punto del racconto il Pollo comincia a

fare battute – che secondo lui dovrebbero distrarla – sul fatto che Stefania sia senza tette. Lei non ride, ma i creativi sì.

I creativi sono Salvo e Giuseppe, la coppia di art e copy napoletani incontrati alla reception la prima volta che entrai alla HBO: due simpatici cialtroni che investono tutte le loro energie nell'organizzare fine settimana a Londra, dove si riforniscono di T-shirts e sneakers con le quali camuffarsi da individui creativi. Salvo ha preso il diploma di perito alberghiero a San Giorgio a Cremano, dove ha una moglie ventenne e un bimbo, mentre Giuseppe è figlio di un notaio di Posillipo ed è stato fidanzato a lungo con Nunzia, la sorella di Salvo, «una femmina che mi ha lasciato per un contrabbandiere con lo Squalo blu, chillu sfaccimm'».

Salvo e Giuseppe, grandi amici, sono «saliti a Milano insieme», come raccontano con grandi risate citando Totò e Peppino, sinceramente convinti di fare una citazione molto *cool*. Sono ignoranti, curiosi, carini, allegri e si fanno amare da tutti perché non sono permalosi.

Il cliente è l'azienda che produce gli assorbenti Climax, uno dei principali budget della HBO. Gli uffici sono a Ivrea, in periferia, dentro a un palazzone moderno con la mensa interna divisa tra mensa dirigenti e mensa impiegati. Noi arriviamo sempre alle dieci del mattino e facciamo subito tre ore di riunione con il product manager, il direttore marketing e il direttore commerciale della Climax. Poi il cerimoniale prevede la pausa pranzo alla mensa dirigenti e il caffè al bar degli impiegati, dove lo fanno più buono, prima di cominciare un'altra riunione alla quale ogni tanto compare anche il dottore, l'amministratore delegato della Climax.

Il dottore è un anziano signore fiorentino con i capelli bianchi, piccolo di statura, che entra in sala riunioni in camicia e cravatta urlando: «E di donne voi 'un ci capite 'na sega. Vogliono esse' belle anche cor marchese», ammiccando verso me e Stefania, che arrossisce.

La Climax commissiona alla HBO due campagne televisive all'anno: una per gli assorbenti esterni e una per gli assorbenti interni, insieme a due campagne stampa. Di fatto, tutte le proposte dell'agenzia vengono rifiutate, e lo spot che va in onda è frutto della fantasia del dottore: una ragazza con i pantaloni bianchi, in bicicletta, passa sopra una pozzanghera e spalanca le gambe gridando quanto si sente bella e sicura anche «in quei giorni».

L'unica variante della campagna è il colore della scritta "Climax e vai!": arancione d'estate e azzurra d'inverno, ma un anno anche verde d'estate e blu d'inverno.

I creativi, il Pollo, Stefania dei media, il direttore marketing, il product manager, io: tutti campiamo su quella variante di colore, l'unica cosa che il dottore non decide personalmente. Il resto – dalla modella, alla location, allo storyboard, alla pianificazione delle campagne televisive e stampa, agli spot radiofonici – lo decide il dottore insieme alla moglie Lucetta, insegnante di latino in pensione. Lui si porta a casa i nostri lay-out, sempre ridendo e urlando: «'Un ci capite 'na sega», e poi li riporta con le correzioni della signora Lucetta, bravissima copy: la comunicazione degli assorbenti Climax è sempre la più efficace e i Climax sono leader del mercato.

Io mi vergogno per gli insulti che il dottore rivolge a Salvo e Giuseppe, loro invece si comportano come se quella manfrina fosse una loro geniale strategia per far passare le idee migliori, lasciando al dottore la convinzione di decidere tutto lui. In realtà le loro proposte, scontate e banali, non passano mai, mentre quelle che escono sui giornali e in tv sono sempre le campagne pensate dal dottore e sua moglie Lucetta.

Al ritorno, Giuseppe chiacchiera allegramente di nuovi locali, di deejay, dell'albergo scelto per il prossimo viaggio a Londra e dei concerti che vedrà, tormentando Stefania che vive fuori Milano, lavora il triplo e guadagna un quarto di quanto guadagna lui.

In quelle trasferte, il mio compito è portare la grande borsa nera dei lay-out con la scritta HBO, indossare i tailleur che mi regala Ermanno e prendere appunti. Sto sperimentando come un abbigliamento adeguato possa da solo ricoprire un ruolo. Io non so niente di marketing, ma ho questi tre tailleur meravigliosi, costosissimi, e li alterno, abbinandoli alle scarpe con i tacchi alti, altro dono di Ermanno: un paio addirittura di pelo leopardato, un paio di coccodrillo nero e un paio marroni, tutte di uno stilista francese. L'abbigliamento basta a far sì che il mio ruolo di account junior abbia un senso e venga giustificato e apprezzato.

Durante le riunioni scarabocchio sul mio blocco d'appunti, sognando di lanciare un assorbente interno usato sulla camicia bianca del product manager dopo averlo fatto roteare ben bene tenendolo per il cordoncino. O di saltare sul tavolo e cantare: "El pueblo unido jamás será vencido" scuotendo il pugno contro il Pollo.

Mi sento estranea, ridicola, superiore e inferiore a tutti, completamente fuori posto e in maschera. Ma, al tempo stesso, so che quel che sto facendo in qualche modo misterioso servirà, è una sorta di pegno che devo pagare, una via crucis penosa ma necessaria per arrivare al mio obiettivo, nonostante non sappia ancora quale sia. So solo che non sono io, questa tizia con i tacchi e il tailleur grigio nella sala riunioni.

Io sono ancora, e sarò sempre, la ragazza del Conte, quella che sorveglia la porta del bagno mentre lui si fa una pera sciogliendo l'eroina con l'acqua non potabile, sul treno per Venezia.

Oltre alla Climax, seguo aziende minori con piccoli budget, che ci invitano a pranzo una volta alla settimana in magnifici ristoranti di Treviso o Parma. Il mio ruolo con loro cresce: oltre a portare la borsa dei lay-out, mettere i tacchi e cercare di far rispettare ai creativi i tempi per la presentazione delle campagne – loro lo chiamano "timing" – devo far conversazione con i clienti, industriali e amministratori di provincia che mal sopportano i modi aristocratici del Pollo e preferiscono parlare con me.

Torniamo dai pranzi di lavoro sempre un po' brilli, e un pomeriggio, sulla Bologna-Milano, sfondiamo un guard-rail e ci ribaltiamo in un campo di trifoglio, sfasciando la Volvo Station Wagon del Pollo, che per una volta non ha voluto affittare l'auto ma andare con la sua. Salvo di San Giorgio a Cremano, che non ha messo la cintura di sicurezza, si rompe una clavicola, il bacino e un dente, Giuseppe si ferisce il viso e le braccia con le schegge del parabrezza. Io me la cavo con tre punti sotto al mento e una botta al ginocchio.

Il Pollo, che guidava, non si fa niente, ma ci estrae valorosamente dalle lamiere e ci assiste con premura fino all'arrivo dell'ambulanza. Il presidente, in premio, gli compra una Volvo nuova, con i sedili in pelle.

Dopo due anni di convivenza, lascio Ermanno.

È brutto ritrovarsi sola, specialmente all'ora di cena. Alle otto, il mio stomaco reclama il branzino di Ermanno. Alle undici, le mie braccia e le mie gambe vuote rimpiangono il suo abbraccio. Ma per strada, mentre scendo le scale del metrò per andare al lavoro, sono di nuovo io.

Sono di nuovo io, senza mezzi, e trasloco da casa di Ermanno in taxi, con la sacca di gomma rossa. La prima sera che passo da sola, nel monolocale subaffittato da una collega dell'agenzia, mi viene un attacco di panico.

Stesa sulla moquette grigia fisso il soffitto soppalcato senza riuscire a respirare. Telefono al dottor Santiago che mi dice di gonfiare la pancia e di prendere tre gocce di Rescue Remedy. Spero che venga a visitarmi di persona, ma non lo fa.

23

Con Pietro ci rivediamo a casa, a Milano. Lui torna da Graz e noi dal mare.

Sto meglio. Sarà stata la cura, oppure il riposo: per un mese non ho fatto niente. Ho messo in tavola ogni giorno prosciutto e melone o mozzarella e pomodoro: le bambine erano contente. Gli altri anni, quando sperimentavo ricette sarde, erano discussioni interminabili per farle mangiare.

Il giorno prima di partire, per festeggiare, ho cucinato gli spaghetti al sugo di calamari e il sauté di cozze e vongole. Loro, per farmi piacere, hanno mangiato tutto, e Lucia non ha detto che le vongole erano amare, come fa sempre.

Pietro entra dalla porta di casa con lo zaino su una spalla e le braccia cariche di sacchetti. Ha la faccia gonfia. Avrà bevuto un milione di lattine di Coca-Cola.

Appoggia tutto sul pavimento per prendere in braccio Lucia. Accarezza la testa di Rosa e mi dà un bacio sulle labbra. Rosa e Lucia vogliono vedere subito i regali: Pietro ne porta tanti, a ogni viaggio. Gli piace fare shopping, si diverte. Non guarda nemmeno i prezzi: se una cosa gli piace, la compra, non come me che faccio mille calcoli e non prendo mai quel che vorrei davvero.

Andiamo tutti in soggiorno, in fila, seguiti dal gatto Cesare Pompeo, con la coda dritta per l'eccitazione: l'abbiamo recuperato stamattina dagli zii. Quando stiamo via tanto lo tengono Luca e Santino – se sono a Verona – e stamattina con Rosa e Lucia siamo andate a prenderlo, in treno.

Cesare Pompeo e Prima, la gatta degli zii, sono diventati amici, e mentre mangiavamo le orecchiette al pomodoro di Santino si rincorrevano per tutta la casa facendo la lotta, felici.

Luca era in Spagna per lavoro e noi tre sole con Santino siamo state bene: Lucia gli ha fatto l'imitazione «della mamma stressata in spiaggia» sdraiandosi a terra catatonica, con uno straccio arrotolato dietro alla nuca, Rosa gli ha illustrato il significato dei diciotto braccialettini che ha ai polsi, uno per uno.

Siamo ripartite dopo pranzo, a malincuore, ma volevo essere a casa quando Pietro sarebbe arrivato, alle sei.

I regali sono molti e alle bambine piacciono tutti: magliette, una vaschetta con delle uova di rana, collane per Rosa e fumetti per Lucia, un quadro, uno specchio, un topino di stoffa per Cesare Pompeo. A me i miei regali non piacciono quasi mai. Poi, quando li metto, se sono vestiti, tutti mi fanno i complimenti. «Come stai bene», «Bella quella giacca». Mi sembrano sempre cose adatte a un'altra donna, non a me. Alla donna con la quale dovrebbe stare Pietro: una donna sicura di sé, con il viso irregolare e le gambe magre. Magari storte, ma magrissime. Una donna indipendente dalle ginocchia acuminate, che viaggia per conto suo e sa godersi la vita, il contrario di me.

Di solito, quando non ci vediamo da un po', c'è una tregua. Stavolta no. Stavolta c'è tensione. Quando era via, ci siamo sentiti poco. La sera, invece di telefonarci, prima di andare a dormire, ci mandavamo un messaggio, segno che non avevamo tante cose da dirci o molta voglia di dirle.

Io disfo le valigie e metto la roba sporca in lavatrice. Tra due giorni dobbiamo ripartire, andiamo una settimana a Berlino con Ettore e Lisa.

Lisa è amica mia. Ci siamo conosciute su un set. Lei lavorava per l'ufficio stampa di *Torno presto*. Quel film non convinceva né lei né me, ma piaceva a tutti, è stato un successo. Noi due, alla prima, ci guardavamo perplesse: siamo ipercritiche e pessimiste, lei è anche peggio di me.

Ettore è il suo secondo marito. Ci ha fatto due gemelli, Marino e Rocco, che hanno due anni più di Rosa. Dal primo marito ha avuto Elia, che ora ha ventidue anni e studia in Francia da chef.

Il primo marito di Lisa è morto. «Per fortuna» dice lei. Faceva lo scrittore, era egocentrico, beveva e poi voleva parlare tutta la notte. Una sera che Lisa era al festival del Cinema di Venezia è scivolato su un'automobilina lasciata in giro da Elia, che allora aveva due anni, e ha sbattuto la testa contro un comodino. L'ha trovato la mattina alle otto la baby-sitter, nella cameretta del bambino. Elia si era già alzato e giocava lì vicino: quando è arrivata la ragazza le ha fatto un gran sorriso, ha indicato il padre e ha detto alzando le braccia: «Papà, brrrummm».

Ettore è un padre bravissimo, anche con Elia. Sa fare tutto. Si tuffa con la capriola. Prepara la piadina fatta in casa. Alle feste balla il rock acrobatico e suona la chitarra. Ha ereditato un sacco di soldi dal padre e ha aperto una comunità in Umbria dove vanno in vacanza i bambini poveri e malati. L'ha organizzata così bene che riesce a guadagnare anche da lì, perché la Comunità europea gli ha assegnato dei fondi. Lui li ha investiti in un piccolo ospedale privato efficientissimo, dove curano gratuitamente i bambini.

A Ettore viene tutto bene e Lisa non lo sopporta più. Dice che è ottuso, che non la capisce. Che con il suo primo marito sì, che poteva parlare. Ma dice anche che il peggio è passato. Che ormai stanno insieme da vent'anni. Che ha imparato a parlare da sola, e che dovrei farlo anch'io.

Questo viaggio è un azzardo. Io non viaggio volentieri, da anni, a meno che non sia per lavoro o in un posto deserto, nella natura. Il disordine, i cambiamenti di abitudini mi fanno venire l'ansia. Le grandi città, poi, mi stancano molto. Tutto quel rumore, i rifiuti, i negozi. Gli impianti di aria condizionata che ti gocciolano sulla testa, per strada. I cibi dei ristoranti, a cui non resisto e poi mi fanno male. Se non sono inquadrata nelle mie abitudini, mangio e bevo troppo. La vacanza di gruppo, due coppie e quattro bambini, si preannuncia un disastro.

È dal viaggio in Spagna con Adriana e i rugbisti che non parto in compagnia: una delle poche cose che accomunano Pietro e me è che siamo asociali. In più Ettore è davvero noioso, e i gemelli iperattivi, anche se Rosa e Lucia ne sono affascinate.

L'idea di andare insieme a Berlino è stata di Lisa, che ha un amico che vive lì da trent'anni e ci presta la casa. Io ho detto subito sì perché dico sempre subito sì, poi mi pento. E di solito, al momento buono, mi sgancio, do buca. I pochi amici che mi sono rimasti lo sanno, e non mi invitano più.

Questa vacanza sarà una prova per vedere se sono guarita. E poi Berlino mi attira. Non ci vado da prima della caduta del Muro.

Ci ho passato il Capodanno del 1982, con il Conte.

24

Avevo diciott'anni compiuti da un giorno e mezzo. Lui appena diciassette, ma era molto maturo: sarà stato il carcere minorile a farlo maturare così. Il Conte sembrava un uomo, non un ragazzo. Si occupava di me, ma non era possessivo come Ermanno, era gentile e basta. Veniva a prendermi e mi riaccompagnava a casa. A piedi, perché non aveva la patente.

A San Valentino mi regalava una rosa e a Natale un profumo francese, come aveva visto fare nelle pubblicità. Non criticava mai quello che facevo o dicevo. Non litigavamo mai. Per lui, io ero perfetta: ero la sua donna.

Così lo sentii definirmi un pomeriggio in un bar di spacciatori: «La mia donna non lavora». Detto a un pusher che evidentemente gli aveva proposto uno scambio in natura.

Il Conte aveva risposto tranquillamente: una normale informazione tra colleghi. In quell'ambiente, tante ragazze "lavoravano". Io no.

"La mia donna non lavora" mi piacque. Quando stavamo insieme avevo un mio posto nel mondo: ero la donna del Conte, il pusher più giovane di Verona.

Avevamo deciso di passare il Capodanno a Berlino perché *Noi, i ragazzi dello zoo di Berlino* di Christiane F. era l'unico libro che avesse mai letto. Quando ho proposto di andarci ha accettato subito: sarebbe venuto ovunque, con me – un tossico la roba la recupera dappertutto –, ma a Berlino immaginava di trovarsi bene.

Era alto, con la pelle chiara e i capelli neri. Magro, ma non scheletrico, la faccia allungata, gli occhi nocciola dalle ciglia lunghe e un bellissimo neo vicino al labbro inferiore. Portava jeans imbottiti e scarponcini con il pelo perché aveva sempre freddo. La prima volta che l'ho visto eravamo a casa della Mary, un travestito che batteva e spacciava al Villaggio dell'Oca Bianca.

Il Conte mi è piaciuto subito, perché parlava poco. Mi ha presa per mano e mi ha portata in camera della Mary, sul lettone coperto da una trapunta di raso rosa. «Vieni qui, tesoro, mettiti giù» ha detto. Parlava poco, ma diceva la cosa giusta. Non aveva la pelle e i denti rovinati dei tossici, ma denti bianchissimi e una pelle perfetta, morbida, color avorio.

Ci siamo messi insieme come se ci fossimo riconosciuti, come se non dovessimo spiegarci niente. Una liberazione, per me, che in seconda liceo ero stata con un capetto degli studenti logorroico e narciso: Ricki, uno che parlava alle assemblee.

Ricki pretendeva di discutere ogni cosa, sempre, anche se non ne avevo voglia, finché non gli davo ragione.

In suo onore avevo composto la poesia *Seghe mentali*:

"Seghe mentali, / biribì biribò. / E Freud e Nietzsche / e Marx e Engels, / tutto per giustificare / a te e a me: / facciamo l'amore?".

Quando lo zio Ruggero, il giorno prima che compissi diciotto anni, mi comunicò che il babbo aveva il cancro, decisi di andare a cercare Dirupo, il mio ex compagno di classe tossico.

Più che una decisione fu un'ispirazione, una sorta di richiamo oscuro, fatale, che si insinuò nella mia coscienza e si impadronì di me, come quando a tredici anni avevo letto *Il demone meschino* e avevo nascosto la polvere del Piccolo Chimico nel portafoglio.

Dirupo aveva abbandonato la scuola l'anno precedente: era il più sensibile e il più spiritoso dei miei compagni. Ricki lo disprezzava, diceva che farsi le pere era una cosa da fascisti. A me invece Dirupo piaceva, così anarchico e dolente. E bello, con i capelli lisci e gli stivaletti da punk.

Il giorno del mio compleanno andai a cercarlo in piazza Dante alle due del pomeriggio, dove l'avevo visto tante volte lavare siringhe alla fontana e stazionare con i suoi amici tossici, e gli chiesi se mi faceva provare quel che prendeva lui.

«Non è una buona idea» mi disse.

«Solo per oggi» risposi. «Per festeggiare.»

Dirupo mi portò a casa della Mary, che ci accolse sistemandosi il seno enorme sotto un kimono di seta. Fu gentilissima con me: «Finalmente una signora, Dirupo, invece di quei delinquenti con cui giri tu».

Dirupo mi regalò la sua camicia di jeans, con una macchiolina di sangue nell'incavo del braccio, in ricordo di quel pomeriggio.

Il giorno seguente tornai dalla Mary da sola, e conobbi il Conte.

Dal pomeriggio che ci siamo messi insieme, con il Conte è stato come fossimo sposati, ma sposati come le coppie di una volta.

Lui si occupava di me, era il mio garante in società: non c'era tossico, ladro o puttana che non mi portasse rispetto. Scoprii che in quell'ambiente sono molto conservatori e rispettosi di ruoli, codici e parentele. Mi portò subito a casa, per presentarmi sua madre.

I genitori del Conte erano separati. Sua madre Fernanda era alta e magra come lui, con la faccia lunga e i capelli neri. Aveva fatto per anni l'operaia in una ditta di confezioni, ma non lavorava più. Il fidanzato ufficiale era un bell'uomo brizzolato, sposato, che veniva ogni pomeriggio a trovarla sulla sua Lancia metallizzata, vestito con il giubbotto di pelle marrone e gli occhiali a specchio. Non ho mai saputo che lavoro facesse: alle quattro si presentava a casa e Fernanda, che lui chiamava Nanda, gli preparava il caffè.

Nanda viveva con i figli, il Conte e sua sorella Barbara, commessa in un negozio di scarpe, in una casetta di due piani a San Zeno. Sembrava contenta di sé, della famiglia e di quel fidanzato con il giubbotto di pelle. Puliva la casa, stirava e andava al mercato in bicicletta a comprarsi i jeans all'ultima moda, che le stavano benissimo, tanto era sottile.

Il padre del Conte aveva l'officina lì vicino, e dalla nuova compagna gli era nata una bambina down che aveva chiamato Angelica. Il Conte era affezionato ad Angelica e anche al fratello del padre, zio Paolone, un rapinatore molto popolare in città: andavamo a trovarli spesso.

La famiglia del Conte era premurosa con me. La domenica pomeriggio guardavamo tutti insieme –

madre, fidanzato della madre, Barbara, il Conte e io – la televisione in soggiorno, bevendo succo di albicocca e mangiando la torta.

Nanda comprava al supermercato delle squisite torte industriali, che a casa mia non sarebbero mai entrate, e ce ne serviva una bella fetta sopra a un tovagliolino di carta rossa.

Con il Conte ho sperimentato i piaceri della vita normale: guardare i programmi televisivi della domenica pomeriggio, chiacchierare del più e del meno con i parenti, mangiare i prodotti pubblicizzati in tv. Quando sei fatto di eroina sei sempre bendisposto verso gli altri e trovi tutto sensato. I tossici, se sono fatti, hanno un bel carattere, ciarliero e accomodante. Tanto, non gli importa niente di te. Non gli importa niente di niente, a parte della roba. E un po' della famiglia, ma molto meno.

I genitori del Conte sanno che lui si fa, ma a casa loro avere un figlio tossico o un parente in carcere è normale come nella mia avere una zia in sedia a rotelle: dispiace, ma così è la vita.

Sua madre sembra preoccuparsi soltanto che il Conte non abbia freddo, così sul letto della sua camera, al piano terra, ha messo una coperta elettrica. Noi ci andiamo sempre a sentire i dischi, ma è una stanza umidissima. Allora ci infiliamo sotto la coperta elettrica e a volte ci addormentiamo in quel bel calore artificiale.

Sono stata bene con il Conte. Lui sapeva sempre quel che andava fatto, e lo faceva con dignità. Quando gli ho proposto di lasciarci è rimasto in silenzio per un po'. Ha acceso una sigaretta e ha detto: «Facciamo come dici tu». Mi ha baciata, poi, dato che piangevo, mi ha sistemato i capelli dietro alle orecchie con due dita e mi ha asciugato le lacrime con il palmo della mano.

Non mi ha più cercata. Non si sarebbe mai permesso di fare qualcosa che potesse mettermi in difficoltà.

E poi aveva l'eroina, gli bastava.

Tre giorni prima che morisse mio padre, mentre correvo a Verona da Padova, sono tornata da lui. La prima volta che ero andata a cercarlo in piazza, stranamente non c'era.

Quel pomeriggio ho corso, corso, corso, fino a casa sua: sapevo che era iniziata la fine, avevo bisogno di un abbraccio, di uno sguardo, non so di cosa avevo bisogno. Avevo bisogno di lui.

Stavo suonando alla porta, quando Barbara è uscita con il sacchetto della spazzatura in mano.

«Come stai? C'è il Conte?» le ho chiesto, ansimando.

Lei ha appoggiato per terra il sacchetto e mi ha messo una mano sulla spalla: «Pensavo che qualcuno te l'avesse detto. Dopodomani sono due mesi che è morto. Fumava a letto, si è addormentato con la sigaretta accesa e la coperta ha preso fuoco».

Poi mi ha abbracciata, mi ha tenuta stretta.

25

«Pronto, Ge. Sono Lisa, scusa l'ora.»

Sto facendo la valigia per Berlino. Lisa vorrà ricordarmi di riportarle la giacca azzurra. Invece mi dice: «Problema...». Marino giocando con Rocco gli ha dato una ginocchiata così forte da lesionargli il legamento di una gamba. Gli hanno messo un tutore, dovrà portarlo due settimane.

«Ha le stampelle, addio Berlino, ma voi andate, eh! Mimmo vi aspetta. È un tuo ammiratore, se non andate ci rimane male.» Lisa insiste.

Ma questo Mimmo come sarà? Avevo capito che era via, che ci prestava la casa. Lisa dice che Mimmo ci aspetta per darci le chiavi e poi parte. Che ha un ristorante italiano, uno dei migliori di Berlino, e deve andare a comprare vino in Piemonte. Io non so cosa decidere, cambio idea quattro volte. Pietro dice: «Dài, andiamo». Lui Berlino la conosce, ci ha girato tre documentari. Mi farò guidare da lui, una volta tanto. E capirò se sono guarita veramente.

Quando stavo bene viaggiare mi piaceva. Tornavo a casa ogni volta innamorata del posto dove ero stata, che fossi andata in Messico o in Camargue. Per due settimane cucinavo cibi esotici e ascoltavo solo la musica locale. Poi mi passava, ma l'energia del viaggio resisteva a lungo.

Sul treno che ci porta a Malpensa, siamo tutti e quattro più sereni. Pietro e io sollevati per aver schivato la vacanza di gruppo, Rosa e Lucia tranquille senza i gemelli che le sovraeccitano.

Però continuo a pensare che una vacanza in città, ad agosto, sia assurda. Invece Pietro ama camminare per le strade delle metropoli straniere, potrebbe farlo per ore, lui che a Milano prende il motorino anche per un tragitto di cento metri. Cammina con il naso per aria, inebriato dai palazzi, i negozi, le piazze, come facevo io a Londra a vent'anni. Una vita fa.

Arriviamo a Berlino a mezzogiorno. Il nostro ospite abita a Friedrichstrasse. Saliamo al secondo piano di un palazzo bianco, scrostato, pieno di stucchi e finestre.

Mimmo è alto, porta gli occhiali dalla montatura grossa ed è vestito di nero. Ha capelli grigi e folti, che gli cadono a ciocche sulla fronte. Sembra un artista, più che un ristoratore. Sorride con aria distratta e ci mostra le nostre camere da letto. Le bambine dormiranno in soggiorno, su un futon, Pietro e io in uno stanzone vuoto, dove c'è solo un piccolo letto e un grande quadro astratto.

Il resto della casa è zeppo di opere d'arte, vecchi mobili di design e polvere. La cucina è un caos di piatti, vasetti e bottiglie appoggiati ovunque. Il nostro bagno è senza doccia e senza bidè.

Da ragazza quest'appartamento mi avrebbe affascinato: ora mi spaventa l'idea di dormire senza imposte e di lavarmi non so come. E, soprattutto, di dividere la casa con Mimmo, che ci annuncia di aver spostato di una settimana il suo viaggio in Piemonte. Essere ospite di una persona che non conosco è peggio di un viaggio di gruppo, mi sento in trappola. Mimmo invece sembra a suo agio, come se fosse abituato a ospitare sconosciuti e gli facesse molto piacere. Ci presenta sua figlia Francesca, sedici anni, che quasi non parla italiano. È uno scheletro in canottiera e pantaloni Adidas, i capelli rasati e i lobi delle orecchie dilatati da orecchini tribali. La fidanzata di Mimmo ha una pettinatura punk biondo platino e sembra un'amica tedesca di Francesca, invece è di Firenze. Si chiama Gloria.

Ci invitano ad andare a pranzo con loro nel ristorante di Französische Strasse. Francesca dice che non viene: «*Ich bleibe hier*».

Il ristorante è enorme e bellissimo, ci spiegano che è stato progettato da un architetto famoso. Ci sediamo in giardino. Mimmo ordina uno champagne rosé e degli antipasti di pesce. Io sono digiuna, dopo un bicchiere mi rilasso. Parliamo. Scopriamo che Francesca è figlia di una squatter di Amburgo che è andata a vivere in America con gli amish, e che Gloria è baronessa e produce un famoso vino toscano. Lei e Mimmo si sono conosciuti a una fiera vinicola.

Mimmo racconta allegramente di essere scappato a Berlino da Roma trent'anni fa «per via di certi fascisti che ho menato». E di essersi fermato per sempre.

«I tedeschi ci adorano. Vanno matti per tutto quel che è italiano. Chi me lo fa fare di tornare, ormai. Siete messi così male voi, ragazzi, in Italia...»

Parla veloce, ride leggero. Ogni tanto si alza da tavola per andare a salutare qualcuno: il suo ristorante è frequentato da artisti e giornalisti. Non sembra interessato a me, si rivolge solo a Pietro. Le bambine ordinano linguine al pesto, felici di mangiare italiano. Le prime parole che mi rivolge Gloria sono: «Vedi il pelato con gli occhiali come quelli di Mimmo? È il pittore più alla moda di Berlino, ha la galleria qui accanto. È un cane. Molto amico di Mimmo, naturalmente».

Io non so cosa dire. Gloria mi piace. Rido. Mi racconta che lei e Mimmo stanno insieme da quattro anni, ma che si vedono solo una volta al mese, quando lei va a trovarlo a Berlino, o durante le vacanze. Che a Firenze ha due figli adolescenti che abitano con il padre.

«È durissima. Ma non posso tenerli con me. Non sto bene per niente. Mimmo invece sta una meraviglia. A lui non importa di nessuno veramente.»

Mimmo l'ascolta, ma non smette di sorridere. Sono sicura che Gloria sta dicendo la verità.

I sei giorni a Berlino trascorrono così. Mimmo insiste perché andiamo ogni giorno a pranzo e a cena nel suo locale, per la gioia delle bambine, che erano preoccupate per la cucina tedesca, e anche mia, che sono ripiombata nel mio disagio e sto bene solo seduta a tavola, con qualcun altro che ordina da mangiare e da bere e imposta la conversazione.

Pietro è astemio e solitamente mangia cose da bambini: panini, Coca-Cola, panna cotta. Uscire a pranzo con lui è uno strazio. Invece Mimmo chiacchiera sempre, affascinante e leggero, versandoci champagne e ordinando spaghetti all'astice e calamari. Io mangio, bevo, parlo, sedata dal cibo di Mimmo come dai succhi di albicocca della famiglia del Conte. È bello avere qualcuno che decide per te: a me non succede mai.

Durante il giorno camminiamo, visitiamo quartieri e musei. Io sono stanca, mi sta venendo la cistite, ho male a una caviglia e di notte dormo poco. Mi sembra di essere tornata indietro di due mesi. È l'effetto della città e del regime alimentare. Ma quando siamo a tavola e beviamo lo champagne di Mimmo, tutto passa. Ho un mio posto nel mondo, come quando stavo con il Conte, come quando sono su un set. Non ho bisogno di chiedermi chi sono. Siamo gli ospiti di Mimmo, e lui decide per noi.

La Berlino che ho visto con il Conte era diversa da questa. L'ultima notte del 1981 l'avevamo passata sotto al Muro, a vedere sparare i fuochi artificiali. Qualcuno ci aveva raccontato che tra le famiglie divise dal Muro c'erano dei codici, per comunicare con quei fuochi.

Il giorno dopo eravamo andati a Berlino Est, dove c'era un solo grande negozio aperto che vendeva dischi di musica classica.

Avevamo mangiato il gulash nello stanzone grigio di una bettola. C'erano piazze enormi, stradoni, poca gente in giro: Berlino Est mi era piaciuta molto.

Il Conte invece preferiva Berlino Ovest, e quando eravamo andati al KaDeWe mi aveva comprato un rossetto identico a quello di Christiane F. nel film.

Questa volta, allo zoo ci andiamo solo per vedere i canguri.

Con Pietro va meglio, forse perché sono troppo a disagio per essere aggressiva. Siamo all'estero, fuori da casa nostra e lontani dal lavoro. Qui devo solo sopravvivere al mio malessere, non posso dettare condizioni come tendo a fare io. Sono in balia di Pietro e Mimmo, che si intendono bene. Cerco di non lamentarmi.

Le bambine litigano tra loro, ma Pietro non sgrida Lucia come al solito. Devo ammettere che Lucia è faticosa. Tanto sua sorella è lieve tanto lei è complicata. Brontola, pianta grane, dice sempre di no ma poi fa sempre quel che deve: proprio come me. Invece Rosa dice sì e poi fa quel che le pare, come Pietro, e riesce ogni volta a ottenere quel che vuole.

Hanno ragione loro, ma non abbiamo mica scelto noi di essere così.

Il giorno prima di partire, Gloria mi prende da parte. Si lamenta di Mimmo.

«È diventato un capitalista peggio di quelli che criticava da ragazzo. E poi è superficiale. Sai che l'hai deluso? Perché sei normale. Cioè, io lo capisco che non sei normale. Ma sei troppo mamma per sembrargli un'artista.»

Le chiedo perché Mimmo allora la ama: non gli converrebbe stare con una donna meno problematica se fosse superficiale come sostiene lei?

«Non mi ama, figurati. Ama il mio vino e il mio titolo. È figlio di un postino e gli piace fottersi la baronessa.»

Lisa mi ha raccontato che il padre di Mimmo faceva il magistrato, ma preferisco non contraddire Gloria. Anch'io quando litigo con Pietro dico cose orrende che non penso: Gloria è della mia specie, quella degli scorpioni che pungono la rana. A me Mimmo sembra soltanto più risolto di Gloria, più sereno.

La sera, a letto, racconto a Pietro quel che mi ha detto Gloria. Lui non difende Mimmo. Dice: «È squinternata, ma ha ragione, Mimmo è un po' egoista. Un egoista superficiale, mentre tu sei un'egoista profonda».

Nel buio, si gira contro la parete e in meno di un minuto si addormenta.

26

Faccio la regista grazie a una pomata.

La pomata per le emorroidi Emout è il prodotto principale di un piccolo cliente farmaceutico della HBO, la Ebolabo Pharma. Realizzare uno spot costa molto, e lo spazio per mandarlo in onda ancora di più, infatti il proprietario di quell'azienda fino ad allora si era accontentato di campagne stampa e annunci radiofonici.

Era il mio cliente preferito: Francesco Welf. Aveva ereditato l'azienda dal padre, ma era un tipo intelligente, concreto, che in agenzia veniva snobbato per il piccolo budget pubblicitario e perché non sperperava denaro per portare in ristoranti di lusso noi parassiti, come facevano tutti i piccoli marchi che si sentivano onorati dalla visita della grande agenzia di Milano.

Francesco Welf no. Le rare volte che andavamo da lui ad Aosta, all'ora di pranzo faceva portare in sala riunioni dei taglieri di legno con salumi e formaggi valdostani, pane di segale, grissini con le noci e una bottiglia di Chambave Muscat.

Io andavo matta per quelle colazioni valdostane e per Welf, al quale le scarpe inglesi del Pollo non facevano nessuna impressione. Teneva invece in considerazione Stefania, la ragazza con l'apparecchio ai denti che pianificava le campagne, e lei ricambiava strappando a giornali e radio prezzi stracciati per le pubblicità Emout.

Nell'ultima riunione Welf aveva comunicato al Pollo di volere una campagna televisiva, specificando che se l'agenzia non gli avesse fatto una proposta convincente, con costi di produzione contenuti, l'avrebbe sostituita con una nota agenzia di Torino.

Era sicuro del suo prodotto, e aveva ragione: l'Emout è l'unica pomata davvero in grado di far diminuire il dolore delle emorroidi, io l'ho provata.

È un dolore lancinante, che si irradia dall'osso sacro alle gambe, fino alla punta dei piedi. Non puoi stare seduto, non puoi fare niente, ti toglie il fiato: con l'Emout però diminuisce. Medici e farmacisti lo sanno e l'Emout va forte, ma ora Welf vuole andare in tv, anche per gratificare il padre, inventore della pomata, che – dopo una vita di lavoro – ha avuto un ictus e non parla più.

Il giorno dell'ultimatum ci invita, non so se per stemperarlo o rafforzarlo, a pranzo a casa del padre, in un villaggio a un'ora da Aosta.

Il Pollo, Stefania e io siamo già stanchi per il viaggio da Milano, ma non possiamo rifiutarci di incontrare il fondatore, quindi risaliamo in macchina. Quando lasciamo l'autostrada iniziamo a inerpicarci per la valle del Lys e dopo mezz'ora di tornanti arriviamo a Niel, un villaggio di poche case di pietra.

Il vecchio sembra Clint Eastwood, ancora più bello. Siede eretto, le gambe magre accavallate negli ampi calzoni grigi: la camicia celeste, abbottonata fino al mento, fa risaltare gli occhi più azzurri che abbia mai visto. Lui e la moglie vengono verso di noi, attraversando il prato davanti alla casa di legno e pietra: lui è in sedia a rotelle, con un bastone appoggiato sulle gambe, la moglie lo spinge.

Gli vado incontro con i tacchi che sprofondano nell'erba e i sensi accesi come in un trip di LSD: mi sembra di non aver mai visto un sole così giallo e un prato così verde, di non aver mai sentito un silenzio così. Sarà la levataccia, o il cambio di altitudine.

Un'immagine da film western mi attraversa la mente: il vecchio impugna il bastone-fucile e spara a una vipera che mi sta per mordere una caviglia. Ma è un attimo. Non c'è nessun fucile, e nessuna vipera. Fa fresco, anche se splende il sole. È fine agosto, a Milano ci sono trentadue gradi: qui, all'ombra, ce ne saranno quindici. Nessuno parla, il Pollo è a disagio. Mi chiede con gli occhi di aiutarlo.

Disincastro i tacchi dalla terra e vado a stringere la mano ai Welf. Gli dico che l'Emout è una pomata straordinaria e siamo fieri di lavorare con loro. Lo penso davvero, non potrei dire la stessa cosa degli assorbenti Climax.

Il vecchio fa un sorriso affascinante: allarga le braccia, come per dire: "Modestamente, lo so".

Suo figlio finalmente ce li presenta: «Mia madre Ersilia, mio padre Emile».

«Io sono Eugenia» rispondo.

Il Pollo tenta una battuta: «Tutti con la E, come Emout... eh?».

Emile Welf lo guarda incuriosito ed Ersilia ci fa segno di sederci a un tavolo sotto al gazebo, accanto a un orto pieno di insalata e cipolle.

Ci offre un bicchiere di vino rosso e finalmente parla: «È un Fumin».

Insieme al vino, delizioso, ci ha preparato dei toast con acciughe e fontina, e fa segno a me e a Stefania di sederci vicino a lei.

Mentre mangiamo, Francesco racconta che il padre, uno dei pochi medici Walser della valle del Lys, ha inventato la pomata contro le emorroidi cinquant'anni fa, mescolando il burro dei pascoli con un ingrediente segreto, un'erba che si trova solo a duemila metri, in montagna. Voleva curare suo nonno, mercante di tessuti, sofferente di emorroidi al punto di non riuscire più a viaggiare. I Welf erano mercanti da generazioni, ed Emile il primo della sua famiglia a studiare Medicina.

Francesco spiega, come se tenesse una lezione di storia, che il padre è calvinista: «Per noi il lavoro è la cosa più importante, purché generi benessere e altro lavoro. Sapete che la nostra azienda è partita con tre dipendenti e ora ne ha duecento? Adesso è arrivato il momento di andare in televisione. È deciso».

Il vecchio Emile ascolta il figlio annuendo con il capo. Quando smette di parlare guarda me e Stefania, lo indica e mima un applauso.

Durante il viaggio di ritorno a Milano il Pollo fa battute sui «montanari del cazzo che vogliono fare i fighi con la pomata del culo».

Stefania e io rimaniamo in silenzio, senza nemmeno una risata di cortesia.

«Vi attizza il bovaro, eh?», è il commento sorridente del Pollo, che non perde mai il suo buonumore.

Quel sabato prendo appuntamento con un'amica di Adriana che ha una farmacia vicino a San Babila, le chiedo il permesso di intervistare i suoi clienti. Se soffro di emorroidi io, a neanche ventiquattro anni, penso possa soffrirne chiunque.

Mi apposto nella farmacia di San Babila e ci rimango tutto il giorno. Fermo quelli che sono entrati a chiedere un rimedio per le emorroidi: otto persone in tutto. Spiego a ognuno, prendendolo da parte mentre sta uscendo, che il dottor Emile Welf, inventore della pomata Emout, ha avuto un ictus e sarebbe felice di vedere, prima di morire, la pubblicità del suo prodotto in televisione. Chiedo di intervistarli prima e dopo l'uso della pomata. Sono sincera, diretta, appassionata, e tranne una signora anziana troppo timida per parlare delle sue emorroidi, mi stanno tutti ad ascoltare.

Per quattro sabati di fila mi piazzo in farmacia. Il mio approccio artigianale ed entusiasta funziona: credo davvero in quel che sto facendo, e molti si sentono coinvolti. Alcuni però rifiutano di essere ripresi. Quelli che accettano sono divertiti e divertenti: prendiamo accordi per girare nel pomeriggio del sabato successivo, la domenica vado in agenzia a montare il girato. Faccio tutto da sola: interviste, riprese, liberatorie.

Ho osservato il lavoro dei registi sui set pubblicitari e mi è parso facile, a parte le luci, che però nel mio spot sono naturali. Mi sembra che basti avere le idee chiare e fare esattamente quel che si ha in mente. Giro in presa diretta, con una piccola telecamera che mi ha prestato Mark, uno dei registi free lance che circolano in agenzia.

Non so perché i registi pubblicitari siano quasi tutti stranieri: Mark è americano, ma i più quotati sono gli inglesi. I nostri creativi davanti a loro balbettano, sono servili e penosi, li trattano come fossero tutti Stanley Kubrick. A me sembrano tecnicamente bravi, ma non così inarrivabili.

Il sapore del mio spot è quello di un filmino amatoriale, ma gli intervistati sono fantastici: una giovane mamma bionda in mocassini e filo di perle, uno studente di Brera, un antiquario gay: tutti belli ma veri, verissimi, figli genuini della Milano anni Ottanta. Li riprendo mentre parlano dell'Emout e delle loro emorroidi camminando davanti a Santa Maria delle Grazie, mentre cercano un libro tra gli scaffali di una libreria sui Navigli o un disco in corso Magenta, da Buscemi. Tutti entusiasti dell'Emout, e tutti abbastanza sicuri di se stessi da parlarne liberamente.

Alla fine monto un minuto, che andrà ridotto a metà. Tre interviste mescolate, prima e dopo l'uso della pomata, con sorrisi, battute e affetto riconoscente per il prodotto del dottor Welf, che ne esce come un toccasana per gente in gamba. Guardi lo spot e pensi che le emorroidi non siano un problema da nascondere, ma un malanno comune come il raffreddore. Il sapore naïf delle mie riprese contrasta talmente con l'effetto patinato delle solite pubblicità che appare voluto e sofisticato. Lo mostro al Pollo e lui capisce subito che funzionerà.

Dovremo montare due soggetti, perché lo spot dura trenta secondi, ma lui decide di andare ad Aosta per presentare a Welf il minuto intero, «per farglielo godere meglio, al montanaro». Durante il viaggio, per la prima volta, il Pollo non mi parla dell'Inter o di cavalli, ma racconta di quando era bambino e andava in collegio in Svizzera. Dice che aveva tanti amici e stava bene, gli dispiaceva solo non poter tenere un cane.

Quando riaccendiamo le luci della sala riunioni, dopo la presentazione, Welf si alza in piedi e va a stringere la mano al Pollo con calore.

«Bravi. Bravissimi. Meglio di quanto sognavo. Una gran bella sorpresa. Chi l'ha fatto?»

«Lei» dice nobilmente il Pollo indicandomi con il pollice. «Da sola. Non è costato praticamente niente. È brava la nostra Eugenia, eh?»

La campagna "Emout Glam", come la vuole chiamare il Pollo, ha un successo straordinario. Vince un premio della regia pubblicitaria a Cannes e porta in agenzia tre nuovi clienti. Le vendite dell'Emout si quadruplicano.

Sono tutti entusiasti tranne il fondatore: il Pollo viene a sapere che il vecchio Emile Welf si aspettava una pubblicità più tradizionale, di fiori e montagne, e che dopo aver visto il mio spot metropolitano si è infuriato e ha dato una bastonata a Ersilia, la moglie, che mi difendeva.

Dopo Cannes il presidente della HBO, che non ho più incontrato dal giorno dell'assunzione, mi convoca nel suo ufficio.

Questa volta mi viene incontro a braccia aperte. Indossa una camicia di lino gialla e calzoni bianchi sformati. È a piedi nudi. I setter color cognac dormono davanti al camino spento.

«Perché non mi hai detto subito che volevi fare la regista, Eugenia?» mi dice con la sua erre a cascata di pietre. Sembra stupito, contento e sinceramente interessato a me. Vorrei rispondergli che sono timida e che quando ci siamo incontrati non mi ha neanche guardata in faccia. Che ancora adesso non lo so, cosa voglio fare e cosa farò. Improvvisamente, provo il desiderio di rannicchiarmi sul suo divano, chiacchierare e farmi coccolare. Invece, come al solito, faccio la spavalda. Sorrido e annuncio che lascio l'agenzia, parto, che mi hanno proposto di girare un cortometraggio a New York.

Lo saluto con una raccomandazione: «A me ha insegnato molto Pizzicotti del direct marketing: non lasciartelo scappare, presidente».

Lui, inaspettatamente, mi abbraccia e dice: «Ma certo. Grazie, Eugenia. Sono tanto contento per te», e si sente che è sincero.

27

Non è vero che mi hanno offerto di girare un cortometraggio in America. Mi è venuto da dirlo all'improvviso. È soltanto un sogno mitomane, una cosa che avrei voluto succedesse: in amore non sono neanche capace di sognare, ma nel lavoro la difficoltà più grande è fare il sogno giusto, non realizzarlo.

Chi ha detto: "Attento a quel che desideri perché potresti ottenerlo"? È quel che sta succedendo a me: ho passato gli ultimi quattro anni desiderando di cambiare ruolo, invidiando i creativi, ma il primo successo mi serve solo a capire che questo non è il mio mondo. Definitivamente.

Decido che ci andrò davvero, a New York, e cercherò di combinare qualcosa di mio, fuori dalla pubblicità.

Voglio partire in fretta, prima che le case di produzione che improvvisamente mi cercano mi facciano qualche proposta che non saprò rifiutare. Mia madre dice che sono pazza, che devo sfruttare il successo dell'Emout Glam per fare la regista pubblicitaria, se proprio non voglio fare l'account. Ruggisce al telefono che sono sbagliata e incosciente.

È quel che mi ci vuole per rafforzare il proposito di stare alla larga dagli spot.

«E cosa vuoi fare allora, deficiente?» sbraita. Non glielo posso dire, perché suona velleitario anche alle mie orecchie, ma forse voglio raccontare storie. Forse l'inquietudine che ho sempre addosso può essere trasformata in qualcosa da condividere con gli altri. È un po' quel che è successo con le emorroidi.

Sento che sto facendo la scelta giusta. Mio padre capirebbe.

Al festival della Pubblicità di Cannes ho conosciuto Rossana Kamuranis: è lei che mi ha messo in testa New York.

Ci siamo incontrate nella toilette del Palais.

Ero davanti allo specchio e mi stavo rifacendo la coda di cavallo quando è comparsa una rossa altissima, con il collo lungo e i capelli corti: «La coda di cavallo a un evento elegante non si porta, fa Lolita, Eugenia. E i capelli, ricordati: o molto lunghi o molto corti, vie di mezzo mai».

Lei l'avevo già notata, perché è la donna più elegante della festa. Spicca, tra le ragazze stacchettanti nei tubini aderenti, con il suo sari di seta grigia bordato di rosso e le braccia magrissime coperte di grandi bracciali d'argento.

Io, buttati i tailleur avvitati, ho ricominciato a vestirmi come sempre: pantaloni e camicie da uomo. Mi sembra di essere qui per sbaglio, incongrua e invisibile. Non conosco nessuno, a parte il Pollo, e non so dove stare.

Le faccio: «Scusi?».

«Tu sei l'autrice di Emout Glam, vero? Sei brava.»

«Grazie, come mai mi conosce?»

«Ti conoscono tutti, hai vinto un premio, hai notato? Dammi del tu. Sono Rossana Kamuranis.»

Ci sediamo sulle poltrone del corridoio e cominciamo a parlare. All'inizio solo lei: «Ti sembro esotica, vero? Sono di Manerbio, Bassa bresciana. *Mon père était un boucher*. Dopo la terza media ho lavorato tre anni con lui al banco della macelleria. A diciassette anni sono scappata a Parigi per fare la fotografa, ma con questo fisico da giraffa sono riuscita solo a fare la modella. Mi avrai vista in qualche foto di Newton, quello stronzo».

«Bresciana? Io sono nata a Verona» dico. «Perché stronzo, Newton?»

«Stronzo, stronzo. Ma mi ha presentato Orestes, quindi l'ho perdonato» risponde Rossana, facendo tintinnare appena i bracciali d'argento. Non ho mai visto nessuno sedere eretto come lei.

«Orestes chi?»

«Mio marito. Fa il produttore. Orestes Kamuranis.»

«Kamuranis quello dei film?»

Rossana mi guarda con un sorriso appena accennato, il mento sollevato. Ha sopracciglia sottili, naso sottile, labbra sottili dipinte di un marroncino naturale. Solo gli occhi, castani, sono enormi nel suo viso minuto.

«Se ti ho detto che fa il produttore! Sì, quello dei film. Quando ci siamo conosciuti stava girando in Francia. La prima sera mi ha portato a cena alla Tour d'Argent con Kim Novak e Kirk Douglas. Kim era un angelo, parlava solo dei suoi cani.»

«Sono senza parole.»

«Eh, lo ero anch'io. Anche perché Orestes era sposato con Dora Bhara, hai presente?»

«No, la Dora Bhara no.»

«Meglio. Comunque quella sera Dora Bhara era rimasta in albergo con la varicella. E lui, la mattina dopo, mentre le metteva il talco mentolato sulle croste, le ha detto che voleva divorziare.»

«E lei?»

«Si è grattata le croste. Le sono rimaste cicatrici dappertutto, mi hanno detto.»

«Porca miseria.»

«Eh, porca miseria sì. Comunque sono passati trent'anni. *She's dead.*»

«Mi dispiace.»

«Non disturbarti, era una stronza.»

Rossana è seduta immobile, le gambe accavallate e le mani incrociate in grembo, come una regina durante la foto ufficiale: gesticola con gli occhi, che hanno un'espressione divertita e feroce.

«Mentre la stronza si grattava le croste, lui è venuto da me. Me lo sono trovato davanti alla porta con un cucciolo di levriero in braccio, una femmina. "È uguale a te, si chiama Destino" ha detto, porgendomela.»

«Ma dài, sembra un film.»

«Eh, mica avrà fatto il produttore per niente. E poi è greco, ha un temperamento drammatico.»

Rossana parlando usa termini inglesi e francesi, ridacchia con il silenziatore ma dice parolacce a voce alta, sempre impettita, con gli occhi che lampeggiano, mentre io man mano che mi rilasso mi ingobbisco e mi affloscio sulla sedia.

Parliamo per due ore, come se fossimo vecchie amiche ritrovate. Mi racconta che la settimana dopo la faccenda delle croste lei e Orestes sono partiti per New York e che quando lui ha divorziato da Dora Bhara lei è diventata la quarta e ultima signora Kamuranis.

Adesso ha cinquantadue anni, e Orestes ottanta. Vivono tra Atene, Parigi, Los Angeles e New York.

«Volevo fare la fotografa, invece mi sono innamorata di quella bestia di Orestes e ho fatto la signora Kamuranis. Pensa che lo amo ancora, il vecchiaccio. Però mi piacciono le ragazze come te. Sei brava, anche se non lo sai. Tu sfonderai, Eugenia.»

Io, che ero scesa in bagno avvilita, parlando con lei mi sentivo sempre più contenta. Da ragazza ero predisposta, e un po' lo sono ancora, ai colpi di fulmine. Ci lasciammo con un abbraccio, scambiandoci i numeri di telefono.

Pensavo a lei quando ho detto al presidente che mi licenziavo per andare a New York.

Quando la chiamo per dirglielo, Rossana fa: «Ben fatto, brava *pina*. In luglio e agosto l'appartamento a Park Avenue è libero, puoi star da noi. Ti do il numero di qualche ragazzo carino che abita a Manhattan. Ah, Orestes ti saluta. Gli ho detto che sei in gamba».

«E cos'ha detto lui?» chiedo.

«Ha detto: "Poverina...". Ma è greco. Maschilista. Non farci caso.»

Io, penso che si veda, sono la persona meno sociale che ci sia. Non so tenere i rapporti, non so telefonare, invitare, ricambiare gli inviti, curare le amicizie. Mi scoccio subito. Mi accendo di curiosità e innamoramenti improvvisi, e allora divento amabile, ma dura poco. Mi annoio in fretta, e torno a chiudermi nei miei pensieri. Non so quanto avrei retto la compagnia di Rossana, ma dopo l'incontro di Cannes ci siamo riviste solo tre volte, e sempre con Orestes.

Forse per questo il mito della bella bresciana che trascura i suoi talenti per amore è sempre vivo, in me. Di tutte le persone che ho conosciuto, quella che mi ha aiutato di più a credere di poter combinare qualcosa è stata lei, Rossana, incontrata in un cesso a Cannes.

Arrivata a Park Avenue dopo un volo solitario, tramortita da una bottiglietta di Chianti con il tappo a vite e un'ora di coda al controllo passaporti del JFK, mi faccio consegnare le chiavi di casa Kamuranis dal portiere in cravatta a righe, fingendo una disinvoltura che non ho.

New York è torrida, e io sono stremata.

Salgo all'undicesimo piano e mi trovo dentro a un loft arredato con divani bianchi, tavolini di cristallo e un angolo bar pazzesco, fornito di liquori come un vero bar. Un'intera parete, la più corta del soggiorno a elle, è una vetrata che dà su Central Park. La parete più lunga invece è ricoperta di grandi ritratti di Newton: una Rossana ventenne nuda con quattro fili di perle al collo e tacchi a stiletto, Rossana in slip, reggiseno bianco di pizzo e cappello da infermiera, Rossana sul letto sfatto di una camera d'albergo, ammanettata al termosifone, Rossana seduta in poltrona con un top di lattice addosso e una frusta in mano.

Il pavimento è di legno dipinto di bianco. Accendo la luce della camera da letto: soffitto e pareti sono coperti di legno laccato di nero, il letto è gigantesco e invaso da cuscini zebrati.

Mi viene un colpo. Cosa ci faccio qui? Cosa c'entra con Rossana questo loft? Deve averlo arredato Orestes o una delle sue mogli precedenti, a parte i ritratti di Newton. Mi sento un'impostora, la solita Eugenia scarafaggio che non ha un posto nel mondo, senza nessuno a cui raccontare in che luogo assurdo è finita. Potrei telefonare ad Adriana, ma mi secca usare subito il telefono di casa Kamuranis. In questo momento mi andrebbe bene persino Luca, mio fratello, che quando gli ho detto che venivo a New York ha commentato: «E te pareva, la solita».

È il 22 luglio 1988 e sono a New York senza sapere perché. Ci sono venuta per la prima volta con Ermanno in uno stopover per Santo Domingo e allora mi era sembrato il posto più bello del mondo. Forse lo è, ma quest'appartamento non fa per me. Io sono da stanze in affitto a Londra, non da loft a Park Avenue: bisogna avere il physique du rôle anche per le case, e il mio non è un fisico da quartieri alti.

Mi sta venendo l'ansia. Potrei telefonare a Santiago, ma poi dove si compreranno gli omeopatici, a Manhattan?

Vado al bar, prendo un bicchiere, ci verso due dita di vodka, aggiungo del succo d'arancia da un cartone sigillato nel frigo e mi preparo uno Screwdriver. Bevo seduta sul divano, in mutande, guardando i ritratti di Rossana. Prendo dal portafoglio il biglietto con i due numeri di telefono che mi ha dato.

Uno è del figlio di una sua ex collega, una modella che ha sposato un regista, l'altro di un giovane giornalista romano, corrispondente di "Repubblica". Chiamo prima il giornalista, ma non risponde. Invece il figlio della modella al secondo squillo gracchia un «aló», alla francese.

Si chiama Jacopo. Gli dico chi sono, che sono appena arrivata a New York e che Rossana Kamuranis mi ha dato il suo numero e mi ha detto di chiamarlo.

«Benvenuta a Manhattan» fa. «Vieni a cena?»

«Ma... stasera?»

«Be', quando? Dovrai pur mangiare.»

«Ah, sì, va bene. Dove?»

Mi dà l'indirizzo di un ristorante del Village e riattacca.

Mi sento meglio: ho bevuto uno Screwdriver e ho un appuntamento. Qualcuno con cui parlare, magari anche carino. Per rimettermi in sesto cerco di fare un bagno nell'assurda Jacuzzi dei Kamuranis, ma non ci riesco. Dai buchi della vasca a trapezio escono suoni come di uno che si sforzi di vomitare, ma niente acqua. Trovo un bagnetto con doccia dietro la cucina, con una finestrella che dà su un cavedio. Potrei accamparmi lì, sembra il locale dell'appartamento più adatto a me.

Alle otto il portiere ferma un taxista indiano che dopo una corsa di dieci minuti mi scarica davanti a un ristorante moderno, dall'aria costosa. All'entrata una maître in miniabito giallo di Versace scruta i miei pantalonacci blu di cotone e la mia camicia senza maniche.

Da un tavolo accanto alla parete si alza un mammut con i capelli lunghi, gli occhiali tondi alla John Lennon e la barba rossiccia, e mi viene incontro.

«Eugenia?»

«Sì...?»

Jacopo mi accoglie come se nella vita non facesse altro che invitare a cena ragazze sconosciute appena arrivate dall'Europa.

Scoprirò che è così.

Ha la mia età. Indossa jeans neri sfondati, gonfi all'altezza delle tasche davanti, dove si intuiscono cumuli di monete, chiavi e fazzoletti, T-shirt nera scolorita e una giacca nera, lucida sui gomiti.

È poco più alto di me, ma è così grosso che sembra un orso. Mi bacia sulle guance tre volte, alla francese, e ordina due Martini molto secchi.

Si mette subito a raccontarmi di sé, dice che per

mantenersi cura le pubbliche relazioni di una casa di distribuzione cinematografica, ma che sta cercando di scrivere un film.

Ha un modo di parlare affascinante: fa delle lunghe pause per scegliere le parole, come se dovesse tradurre quel che vuol dire da una lingua straniera o cercasse un termine preciso. Nelle pause il suo viso si fa più espressivo, strizza gli occhi, sbatte le palpebre, apre e chiude la bocca diverse volte come se cambiasse idea su ciò che vuole dire, scuote la testa e muove le mani a scatti. Poi però non usa un linguaggio ricercato, ma semplice.

«Mia madre... sta a Los Angeles con il mio patrigno... ma io... preferisco abitare qui.» Lunga pausa e porta una mano alla tempia, di scatto. «A Roma non torno più... non saprei cosa fare.»

«Da quanto tempo stai a Manhattan?» gli chiedo.

Pausa, come se dovesse fare un calcolo complicato: «Due anni». Pausa lunghissima. «Faccio questo lavoro cretino.»

Mano destra sul collo. «Mi hanno infilato qui perché sono figlio di mia madre.» Sorriso e pausa interminabile. «Cosa pensavi?»

«Niente. Non so. Sai che anch'io ho fatto un film?»

«Ma dài.» Palpebre che sbattono due volte. Pausa, sorriso. «Come si intitola?»

«*Emout Glam*, parla di emorroidi. Dura un minuto.»

«Però... *cool!*» Alza il bicchiere e accenna un brindisi.

Dopo i Martini, Jacopo ordina un vino francese incredibilmente caro. È diverso da chiunque altro abbia conosciuto, e mi piace. La sua insicurezza è sexy, o forse io ho bevuto troppo. Anzi, sono decisamente su di giri. Mi diverto un mondo.

Durante la cena, Jacopo mi racconta che sua madre

è di Latina ed è sempre stata bellissima. Figlia unica di un notaio, il notaio Cammarone. Ha avuto Jacopo a sedici anni, da un compagno di scuola, ma il notaio non ha voluto che il ragazzo gli desse il cognome.

«A diciotto anni era già una modella famosa, viaggiava sempre.» Mani che si muovono da tutte le parti. «Mi ha cresciuto la nonna.» Pausa. «E quando avevo dieci anni mia madre ha sposato Galik Karo.»

«Il regista armeno?» lo interrompo.

«Lui. Galik è in gamba.»

Quando racconta di Galik Karo, un regista molto discusso per la violenza dei suoi film, Jacopo fa meno pause.

Noto che se parla di qualcuno famoso sembra più contento e sicuro di sé, come se quel successo fosse anche suo. Per dire che suo padre vero ha un autosalone a Latina e altri tre figli e che i suoi nonni materni sono morti da due anni, ci mette un quarto d'ora.

«La nonna a luglio e il nonno ad agosto. Io studiavo a Roma ma ero tornato a Latina per stare con loro.» Pausa. «Poi a settembre sono venuto qui, finalmente.»

Mi è venuto in mente chi è la mamma di Jacopo! Quando ero piccola faceva la pubblicità di un whisky in televisione. Era bellissima, con gli occhi verdi, sembrava irlandese: lei e un tipo brizzolato, seduti su un divano piazzato davanti a un caminetto, bevevano il whisky. Lei sussurrava, guardando lui: «Sapore maturo».

Me lo ricordo perché per anni sono stata convinta che dicesse "sapone maturo" e non capivo a che accidenti alludesse.

Jacopo ha un modo di prendersi in giro interessante: si descrive come un perdente, ma alla Woody Allen, come se in realtà si trovasse divertente, e in effetti lo è.

Dopo il vino ordina un cognac carissimo per sé e per me una sambuca con il chicco di caffè.

Quando usciamo viene naturale prendere un taxi insieme. Io do al taxista l'indirizzo di Park Avenue. Quando entriamo in casa e Jacopo vede i ritratti di Rossana dice che è pazzo di lei e io provo una fitta di gelosia.

Jacopo mi piace sempre di più, anche se appena entrato in casa si butta sul divano come un cetaceo spiaggiato, mette i piedi sul tavolino e accende la televisione. Si capisce che in questo loft, diversamente da me, si sente a suo agio. Guarda le notizie sulla CNN, poi si alza in piedi, si toglie la giacca e mi porta nella stanza da letto. Siamo sbronzi e dormiamo come sassi, soprattutto lui, russando forte. È rimasto in maglietta, rivelando due cosciotti bianchi e lentigginosi.

Non ho mai capito di preciso cosa mi sia piaciuto, in Jacopo.

Iniziava a bere Martini all'ora di pranzo: appena sveglio, perché si alzava tardi. Mi sembrava non lavorasse mai, o almeno io non capivo cosa facesse. Appena alzato, accendeva la televisione sulla CNN e si preparava una tazzona di caffè. Restava muto fin dopo il primo Martini, che ordinava appena arrivava al ristorante.

Pranzava sempre fuori, poi passava dall'ufficio dove la sua segretaria Gaia, la figlia di un politico romano, stava al telefono con mamma e sorelle al mare a Sabaudia. Quando entravo io, Gaia mi strizzava l'occhio e indicava la macchina del caffè.

Alle cinque, Jacopo cominciava il giro di aperitivi, cocktail, vernissage. Alle otto cenavamo fuori con qualche suo ospite. Eravamo improbabili, come coppia: lui insicuro, ma brillante e curioso di tutti, io spavalda per nascondere quanto mi sentivo fuori posto.

In realtà, Jacopo era bravissimo nel suo lavoro di relazioni, anche se ai miei occhi di provinciale scegliere ristoranti e vini giusti e fare conversazioni effervescenti in tre lingue non sembrava un vero lavoro. Quando parlava inglese o francese Jacopo non faceva pause, e sembrava molto più disinvolto.

Io non ero il suo tipo, questo l'ho capito subito. Però colmavo le sue insicurezze con il mio consenso incondizionato. Jacopo conosceva i propri difetti, ma non faceva niente per migliorarsi, annichilito dalla pigrizia e dai rovelli interiori.

Era acuto, sensibile e raffinato e io avevo deciso di adorarlo, cosa che non mi era mai successa e non mi succederà più. Avevo messo il suo bene al di sopra del mio, volevo essere la fidanzata perfetta e in questo modo diventai insincera: non gli dicevo cosa pensavo del suo stile di vita, non gli parlavo delle mie insicurezze né delle mie speranze. Mi fingevo sprezzante, cinica e mondana.

Mi ero innamorata di lui, di Manhattan e di quel mondo dal quale mi sentivo in dovere, per il solito bisogno di vincere le paure, di farmi accettare.

Sono sorpresa e felice quando, dopo appena due settimane che usciamo insieme, mi chiede di andare a stare da lui. E come al solito mi precipito.

La mattina, mentre dorme, rimango ore immobile nel letto accanto a lui, con il batticuore, aspettando di vedere di che umore si sveglierà, perché quando non siamo con altre persone è così silenzioso da rendermi inquieta. A parte chiedermi di vivere insieme, Jacopo non mi ha mai dato grandi dimostrazioni d'amore: ho fatto tutta da sola.

Il pomeriggio, quando va ai suoi vernissage, vado

in giro per negozi e musei, ed è il momento migliore della giornata. La sera ceniamo insieme e io, per reggere la conversazione con i suoi conoscenti giornalisti, attori e registi di passaggio a New York, bevo molto più di quanto vorrei.

Un giorno, in uno studio sulla Bowery, mi faccio fare d'impulso un tatuaggio finto sul polso, un cuore trafitto da un pugnale. Di farlo vero non ho il coraggio, ma voglio comunicare in qualche modo al mondo che non sono serena come sembro, che dentro ho un mezzo inferno di sentimenti e speranze e ambizioni che non sanno come uscire.

Vent'anni fa non c'erano tante ragazze con un tatuaggio sul polso come adesso, ma Jacopo non se ne accorge nemmeno.

Una sera ceniamo con Erica Jong, che, all'improvviso, mi fa segno di avvicinare l'orecchio e mi sussurra: «Ma tu, così intelligente, perché perdi tempo con un ragazzo?».

«*C'mon, you're so clever!*» dice.

Non capisco da cosa desuma che io sia intelligente: le ho solo raccontato come mi sono esaltata quando da ragazzina ho letto *Paura di volare*.

Non cerco di difendere Jacopo. Le rispondo che voglio girare un film sui giovani che bevono troppo e che lui mi ispira. Lei ride.

Fino a questo momento un'idea del genere non mi ha nemmeno sfiorato, ma a Erica Jong sembra un progetto interessante.

Il mio primo cortometraggio *Ore felici*, quello di cui scrissero tutti i giornali, nacque così, da una bugia inventata per fare bella figura con Erica Jong.

28

Mi fa impressione che la gente beva. Mi spaventa il bisogno di bere per rilassarsi, vincere la timidezza, stare meglio: che l'alcol sia una droga legale non l'ho scoperto io.

Io non ho mai bevuto tanto. Non posso. Però ho sperimentato diverse mode alcoliche. Dopo l'iniziazione con la Batida de Coco a tredici anni, a sedici ho avuto il periodo del whisky. Uscivo con un ragazzo che ne beveva uno dietro l'altro, appena incontrava gli amici al bar. Il sapore del whisky mi ha sempre fatto schifo, ma devo ammettere che funzionava. Lo buttavi giù e bum, partiva la serata.

L'estate che ho lavorato insieme a Adriana nell'albergo sul mare mi sentivo sfinita e la sera, per trovare la forza di servire ai tavoli, bevevo un Gin Tonic a stomaco vuoto prima di cominciare il turno, alle sette. Quando tornai in città, scoprii che la stanchezza era dovuta a un'epatite virale, curata a forza di gin, sai che bellezza.

A Londra bevevo vino bianco, quando uscivo con Kim. Con Ermanno, champagne o prosecco. A New York bevevo quel che capitava: Manhattan è il posto dove si beve meglio al mondo. Certi pomeriggi, se

Jacopo a pranzo era stato silenzioso e mi era venuta l'ansia, mi scolavo un Daiquiri alla fragola alle cinque del pomeriggio, in qualche bar del Village.

Li ho notati a New York, i primi happy hours. Ore felici un corno.

Decido di cominciare a fare interviste proprio in uno di quei bar del Village, per documentarmi, come avevo fatto nella farmacia di Milano per l'Emout. Uso lo stesso metodo: sincerità, dedizione e passione.

Il primo intervistato è un trentenne in camicia bianca e cravatta scura, con la ventiquattrore nera posata per terra, seduto su uno sgabello del White Horse. L'ho osservato. È alla terza Bud e non mangia nemmeno le noccioline.

Attaccar bottone con uno che beve è facile. Mi dice subito che si chiama Benjamin e lavora a Washington per un senatore repubblicano.

«Torno a casa domani. Questo non è il mio solito bar.»

Benjamin mi racconta tutto di sé: dalle bizze del senatore a quante parole dice la sua bambina di diciotto mesi, ma quando gli chiedo perché beve mi guarda male, e dopo un po' se ne va.

Lo stesso accade con Susan, segretaria di un avvocato, che ha una manicure sofisticata e beve il secondo Daiquiri alla banana in dieci minuti, insieme alla sua collega Melody: anche loro, dopo le prime chiacchiere allegre – «*Are you from Milan? Great! Giorgio Armani!*» –, sembrano seccate dalla mia voglia di parlare di aperitivi.

Ho deciso di intervistare persone tra i venti e i trent'anni il più normali possibile, evitando i fattoni o gli squilibrati, dei quali è facile capire perché bevano troppo.

Stavolta però è più complicato che nella farmacia di San Babila: questi non vogliono nemmeno parlare di quanto bevono, figurarsi se si farebbero riprendere.

Decido che il giorno dopo cambierò zona, ma Uptown non è meglio: sembra che gli abitanti di Manhatthan non ne vogliano sapere di questo argomento. Parlano di tutto: divorzi, lutti, amori. Ma se domando: «Perché hai ordinato tre Daiquiri prima di cena?», bene che vada rispondono: «È buono, dolce, non c'è nessun motivo. Adesso vado. Byeee».

Tento diversi tipi di approccio, convinta che il migliore sia sempre quello diretto e sincero, ma visti i risultati provo a sorvolare sul fatto che mi sto documentando per un cortometraggio. Nonostante questo, nessuno vuol parlare di alcol.

«È perché sono... ancora più moralisti di te» dice Jacopo, al quale il mio progetto non piace: lui non vede nessun problema nel bere troppo, e trova che non ci sia niente da raccontare.

Ancora una volta è il caso a decidere per me: dopo dieci giorni di giri di bar e interviste fallimentari, un venerdì torno a casa prima del solito, alle sei e mezzo del pomeriggio.

Ormai il flat di Jacopo è casa mia: viviamo insieme da quasi tre mesi e sto cercando di capire come procurarmi un visto per fermarmi a New York, *for good*. Mi mantengo sobriamente con la liquidazione della HBO, e la carta di credito di Jacopo copre i pranzi e le cene nei ristoranti troppo costosi che frequentiamo.

Il portiere del building ha staccato da mezz'ora. Prendo l'ascensore per l'ottavo piano. Apro la porta di casa e sento una musica. Di solito, Jacopo accende la televisione, non lo stereo. Entro in soggiorno e vedo Jacopo, o meglio il suo sederone, sul divano. Sento una fitta al cuore e mi scappa un singhiozzo che sembra una risata soffocata.

Non si accorgono di me perché ho le scarpe con la suola di gomma e arrivo fino a due metri da Jacopo, sdraiato sopra Gaia come un tricheco. Ho visto questa scena così tante volte nei film che non mi capacito stia succedendo a me.

Il mio singhiozzo ha fatto sollevare il capo a Gaia, che ora mi guarda dritto negli occhi. È quasi uno sguardo complice. Sento che sta pensando la stessa cosa che penso io: questa è una barzelletta, non la vita vera, non sta capitando veramente a me.

Jacopo si volta e mi guarda le scarpe con la sua aria da vittima predestinata, i jeans neri abbassati fino a metà dei cosciotti pelosi. Non credo mi veda bene, perché si è tolto gli occhiali e li ha appoggiati sul tappeto, ma ha capito che sono io e non dice niente.

Io vado in camera da letto e prendo le mie cose, in uno stato di esaltazione tra il disperato e il felice. Mi piacciono le emozioni forti, di qualunque genere siano, e ne sto provando una inedita. Infilo camicie, pantaloni, scarpe e libri nella borsa di gomma rossa ed esco di casa, lasciando sulla mensola d'ingresso le chiavi che Jacopo mi ha dato il primo giorno che sono andata a stare con lui.

Prendo un taxi e mi faccio portare al Gramercy Park Hotel, un albergo con un vecchio bar dove ho cercato di fare interviste. È un posto che mi piace. Passata l'esaltazione da scena madre, mi sembra di impazzire dal dolore.

Dalla mia stanza d'albergo con il letto scricchiolante e le pareti sottili, telefono piangendo a Ermanno: non riesco a sopportare da sola quello che sto provando. Lui, poveraccio, cerca di consolarmi.

Io ululo, singhiozzo, biascico: «Non ce la faccio, non ce la faccio», come un mantra. Non è gelosia, la mia. È un opprimente senso di fallimento e di abbandono, un dolore insopportabile che mi squarcia il petto. Come può essermi successa una cosa del genere con l'unico uomo che ho deciso di amare più di me stessa? Il primo con cui ho voluto comportarmi bene e fare sul serio? Piango tutta la notte e mi addormento alle sei, stravolta.

Dormo tre ore.

Alle nove mi alzo, faccio la doccia e scendo a colazione come un automa. Sono stravolta e non riesco a mangiare le solite schifezze americane, muffins o pancakes. Le uova al mattino mi fanno vomitare, a meno che la sera prima non abbia bevuto troppo.

Adocchio in cima a un'improbabile piramide di frutta un kiwi dall'aria acerba. Cercando di affettarlo, mi taglio il polpastrello del mignolo sinistro fino all'osso. Non fa male, ma esce molto sangue. Con la mano avvolta in un tovagliolo, esco in strada, fermo un taxi e mi faccio portare al pronto soccorso dell'ospedale più vicino.

Un medico pakistano mi dà quattro punti sotto l'unghia, senza anestesia. Urlo dal dolore. È una tortura, breve ma lancinante.

Quando torno in albergo, con il dito fasciato, ho smesso di soffrire per Jacopo. Me lo sono tagliato via con il pezzo di polpastrello: zac zac, dolore scaccia dolore.

La disperazione d'amore più atroce della mia vita è durata quindici ore e mezzo, anche troppo.

Non ho il fisico per star male per amore, io.

29

Il solo modo per andare d'accordo con Pietro è non lamentarsi, ma oggi sono avvilita. Non ci vediamo da dieci giorni: al ritorno da Berlino è partito subito per un lavoro in Spagna.

Ieri mi hanno comunicato che non finanzieranno *Camminare*. Non sono gradita al comitato, non è piaciuto che abbia rifiutato l'attrice che avevano proposto per il film che deve uscire a gennaio.

È vero che sono tentata di non girare più, ma un conto è lasciare perché hai deciso tu e un conto perché non ti fanno più lavorare. Come vorrei essere più sicura di me: invece, di fronte a queste cose, crollo come un pupazzo di neve. Sarà perché il lavoro è l'unica certezza che ho.

Chiamo Pietro, gli dico che sono triste. Sta guidando, risponde: «Cerchiamo di capire quali sono le priorità».

Ho dovuto riagganciare per portare le bimbe in piscina. Lui non ha richiamato.

Per sopportare il resto della giornata bevo una birra alle cinque del pomeriggio, mentre le altre mamme mangiano il gelato. La mattina dopo mi sveglio con una gran voglia di piangere.

Pietro mi manda un sms dall'aeroporto: "C'è una luce meravigliosa qui". Sta partendo da Madrid per Lisbona. È sempre contento, quando parte. Ama gli aeroporti come io amo la vetta delle montagne. Gli rispondo che avrei voluto mi chiedesse come stavo, invece di parlarmi della luce. Mi scrive: "Sei prevenuta e incontentabile, non ti va mai bene niente". Poi spegne il telefono e si imbarca.

In effetti non mi va bene che ogni volta che sto male, e che divento insicura e lagnosa, si ritragga. Che si offenda perché mi lamento di lui. Se gli dico che mi sento sola, si arrabbia. È un circolo vizioso: io sto male, sono insicura, mi lamento perché non mi sento capita e lui si chiude, diventa ancora più distante. Il meccanismo lo dovrei conoscere: facevo così anch'io con mia madre, quando si lamentava di me.

Nessuno sopporta il tuo dolore, la tua tristezza, nemmeno chi ti ama di più. Soprattutto chi ti ama di più. È più facile che a darti una mano sia il primo che passa, che quelli che ti vogliono bene.

Troverò un altro produttore. Domani dico al mio agente di fissare un appuntamento con Girani: sono quattro anni che mi tormenta per fare un film e ho sempre tergiversato. Non mi piacciono quelli, non hanno mai prodotto un film che mi piacesse, ma gli porterò il progetto di *Camminare*, vedremo che dice.

Camminare è una storia d'amore tra due anziani. Me l'ha ispirata un vecchio che incontro ogni mattina, tornando da scuola delle bambine. Un uomo magro, alto, i capelli bianchi pettinati con la riga da una parte. È pallido e ha la pelle macchiata dei vecchi, ma è ancora bello.

L'ho notato per le scarpe. Porta delle Adidas all'ultima moda, come quelle dei ragazzini. Identiche al modello che ha voluto Rosa, bianche con le strisce blu. Sta seduto a un tavolino del bar tabaccheria all'angolo della piazza e legge "la Repubblica" facendo tremare le pagine.

Non riesco a non fissarlo, chissà se se ne accorge: ha l'aria intelligente ma non serena, lo sguardo preoccupato dei giovani che hanno un rovello, un pensiero fisso. Una mattina compare al suo tavolo una donna bionda, carina. Avrà sessantacinque anni, settanta al massimo. Porta un cappotto bianco.

Forse l'ho immaginato io, ma quei due si piacciono molto. Lei s'illumina quando lo guarda. Un giorno discutevano animatamente: mentre gli passavo davanti lui le ha appoggiato una mano sulla bocca.

Da quella volta non l'ho più vista, e il vecchio ha continuato ogni mattina a leggere il giornale tremolante al bar, sempre più pallido e aggrottato. Sempre bello, con quelle scarpe assurde da ragazzo.

Ho scritto il soggetto di una storia d'amore. Tutti quelli che l'hanno letto mi hanno detto che è emozionante, persino Pietro, ma poco italiano. Sentiremo Girani.

Ho un'altra idea che mi piace: un giallo. Due operai magrebini cadono da un'impalcatura e uno di loro muore. Sembra un incidente sul lavoro, ma poi si scopre che il morto l'ha spinto il suo collega, che dopo averlo ucciso si è buttato per simulare l'incidente ed è rimasto ferito. È successo davvero: dopo *La ragazza morta* e *C'era una pietra* ho voglia di raccontare una storia vera. In quei film c'erano i miei incubi, adesso basta. Ho tirato fuori tutto.

Che stupida sono a star male per Pietro. Non lo so come è fatto?

Telefono a Lisa per farmi consolare. È l'unica amica sposata che ho.

Lisa mi dice subito quel che voglio sentirmi dire: «Cosa ci litighi a fare con Pietro? Tanto hai ragione tu. Abbiamo sempre ragione noi: siamo più intelligenti. Ma conta qualcosa aver ragione? Non conta niente. Perché sprechi il tuo tempo a litigarci? Cosa stai male a fare?».

«Perché non posso farne a meno. Mi sta sulle palle.»

«Lui ha torto, ma è migliore di te. Ti ama e c'è sempre. Lui non ha mai detto "lasciamoci", non ti ha mai messo in dubbio come fai tu. Non lo sopporteresti se ti dicesse quel che gli dici tu. Ti è chiaro, questo?

«Sì, però...»

«Ecco, allora piantala, e ringrazia che hai trovato un santo che ti vuole bene. Adesso devo salutarti, che Ettore ha cucinato il fegato alla veneziana e sto per vomitare. Ciao Ge.»

«Ciao Li. Grazie.»

30

Ore felici l'ho scritto in aereo, tornando da New York, strizzata tra un dentista di Boston e il finestrino.

Aprendo la bustina della maionese con la mano incerottata, un siluro di salsa pressurizzata è volato sulla cravatta e gli occhiali del dentista. Volevo sprofondare, ma lui si è limitato a dirmi, sorridendo: «*Great dressing, thank you!*», strofinandosi la cravatta con il fazzoletto. È stato gentile. O reagiva così perché aveva bevuto tre bottigliette di Chianti con il tappo a vite? Forse sono io che vedo alcolizzati dappertutto.

Magari ne avete sentito parlare, di *Ore Felici,* il mio primo cortometraggio. Nel 1990 ha vinto un premio a Locarno. I due protagonisti erano attori, gli altri interpretavano se stessi, ragazzi trovati nei bar di Padova. Ci ho messo un anno a farlo. Troppo tempo per un cortometraggio, ma è venuto bene: "La giovane Eugenia Viola ha un talento sicuro per raccontare le contraddizioni della società contemporanea" hanno scritto di me.

Non ero poi così giovane, avevo ventisette anni. Ma prendevo tutto sul serio. Ogni inquadratura, ogni fotogramma, battuta, ogni dettaglio dovevano essere perfetti, ai miei occhi. Come ho vissuto in quegli anni, non lo so. Non ho fatto altro che lavorare, lavorare, sempre, in uno stato di esaltazione febbrile.

Dopo *Ore felici*, la PGP mi ha offerto un contratto per due film. *Torno presto* mi ha fatto soffrire tre anni: mentre lo giravo, quando è uscito e finché non ho girato *La ragazza morta*. Non mi sono goduta il successo di *Torno presto* neanche un momento, anzi, me ne sono quasi vergognata. Ma dovevo farlo in quel modo. Dovevo passare da lì. Non è stato un caso, quel film: forse dovevo capire quanto il successo, se non corrisponde a quel che vuoi dire, sia inutile e dannoso, almeno per me.

Ho fatto dei compromessi per *Torno presto*: l'attrice protagonista non mi convinceva – io avrei preso l'altra, una francese –, il finale cambiato e la fotografia, molto più piatta di quanto avrei voluto. E i dialoghi.

La mia prima versione era migliore: dopo la cura dello sceneggiatore di Orestes ci sono almeno due scene che mi imbarazzano. Ma era il mio primo vero film e mi sono lasciata consigliare da Orestes e da Torti della PGP. Dal loro punto di vista avevano ragione: dei film che ho fatto, *Torno presto* è l'unico che ha incassato bene.

Ma è stato *La ragazza morta* che mi ha fatto sentire di aver trovato una strada. Con *La ragazza morta* sono diventata Eugenia Viola, una persona che mi assomiglia almeno un po'. Però è stata una lotta, una fatica, sempre.

Ho sempre dovuto fare, fare, fare, per salvarmi da me. Anche se quello che mi ha salvato sono state Rosa e Lucia: quando sono nate loro, sì che ero felice.

L'orologio biologico esiste, l'ho sperimentato. Io non ho mai guardato un neonato. Da ragazzina non capivo la fascinazione di certe mie amiche per i cuccioli: micini, neonati e pulcini mi lasciavano indifferente e compativo quelle che si mettevano in camera poster di neonati buffi. Quelle foto mi sembravano stucchevoli, e loro delle emerite cretine.

Sul letto, a quattordici anni, io avevo un poster con la faccia di Nietzsche e la scritta "Bisogna avere ancora un caos dentro di sé per partorire una stella danzante".

Sono i primi giorni di giugno. Ho appena finito di raccogliere il materiale per *Ore felici* e sono venuta a trovare mia madre al Lido di Venezia. L'appartamento al mare è tutto quel che rimane dell'eredità dei nonni: il nonno Mino è morto prima di giocarsi anche quello al casinò.

Mi sveglio presto ed esco nella luce chiara del mattino. Sono disabituata a questa luce e a questo odore di mare, da mesi non guardo il cielo.

È stato un anno frenetico. Incontri, sopralluoghi, riunioni: ho lavorato sempre. Trovare il finanziamento non è stato difficile, mi ha aiutata Orestes, ma ho dovuto metterci tutta l'energia che avevo.

Compro i giornali all'edicola sotto casa e decido di andare a leggerli in spiaggia: a quest'ora non dovrebbe esserci nessuno. Il bagnino indica una tenda in prima fila, la numero centocinquanta. Ci lascio i sandali e vado a sentire l'acqua in riva al mare, poi torno a sedermi sulla sedia a sdraio. Sto per mettermi a leggere, quando vedo il neonato.

Sua madre, seduta a gambe incrociate su un asciugamano azzurro, la schiena appoggiata al lettino, lo sta allattando, a pochi metri da me.

Il neonato, non so se sia maschio o femmina, è pelato e grassoccio, con la testa tonda. È vestito con una specie di body di cotone bianco e un bavaglino ricamato con tre piccole api e la scritta "Zzzzz..." in giallo. Le braccia e le gambe nude sono abbronzate, i piedi rosa. Con una manina ha afferrato il seno della madre e lo stringe. Avrà tre mesi, o sei, è il primo neonato che guardo bene e non ne ho idea. Mentre lo osservo sento un movimento al bassoventre: è desiderio. Un desiderio profondo.

La madre, dopo un po', gli toglie di bocca il capezzolo sinistro, lo gira e lo attacca al seno destro. Quando lo stacca, il neonato agita freneticamente testa, braccia e gambe finché non si riaggancia al seno come un pesce all'amo e ricomincia a succhiare più di prima.

La vista del neonato mi sconvolge. Lo voglio. Voglio quell'animale, quell'essere, quel coso vivo: ne voglio uno mio.

Passo tutto il fine settimana a esplorare la spiaggia al mattino presto: un safari di neonati. Non ne ho mai visti tanti, tutti insieme, o forse non ci ho mai fatto caso. Erano parte del paesaggio di giugno, come le conchiglie e le alghe sulla riva, il bagnino, gli anziani che trascinano le caviglie nell'acqua. Mi sembrano tutti neonati meravigliosi, anche se sbavano, hanno le croste sul cranio e le macchie rosse in faccia. Mi piacciono anche se strillano, anzi, se piangono mi piacciono di più.

Improvvisamente, ho visto Dio. Mi ricordo che tanti anni fa, ma tanti, prima del Conte, ho provato un sentimento simile di fronte alla terra dissodata di settembre o a un albero circondato da uccelli, al tramonto. Ma quella beatitudine, quell'estasi, era più eterea, non fisica e invadente come questa. Ora ho una nuova ossessione, oltre al lavoro: voglio un figlio.

Il colpo di grazia me lo dà il viaggio in Senegal. Adriana e io ci andiamo un Capodanno, per festeggiare la fine delle riprese di *Torno presto*. Devo staccare almeno una settimana prima di cominciare a montare: ho passato mesi e mesi lavorando notte e giorno. È stato il mio primo vero film, ma sembrava non avessi fatto altro in vita mia. L'ultimo giorno gli operatori, il direttore della fotografia, gli attori, i tecnici, piangevano tutti. Io lo sapevo che stavamo facendo una cosa bella, e lo sapevano anche loro. Non è difficile: basta non mollare mai finché non trovi quel che stai cercando. La luce, l'inquadratura, l'espressione, la sequenza giusta. A costo di ripetere un ciak cento volte.

Con Adriana scegliamo il Senegal perché c'è un'offerta. All'agenzia di viaggi, il trenta dicembre, ci siamo solo noi due, indecise tra Senegal e Marocco, ma il Senegal costa meno, e fa più caldo. Il primo gennaio siamo a Dakar, dentro a un pulmino che ci porta fino in Gambia. C'è una luce meravigliosa e io mi innamoro di tutto quel che vedo: la terra rossa, i fiumi, i fenicotteri, i bambini, ma soprattutto i neonati, bellissimi neonati lucidi, tondi e neri legati sulla schiena della mamma, neonati che dormono beati, con le labbra sporche di latte e le mosche intorno agli occhi.

Vorrei rapirli, portarmeli via, ghermirli come un'aquila, ingoiarli interi. Adriana fotografa tutto, compra stoffe e bracciali, fa amicizia con degli inglesi: io guardo i neonati.

Torno dal Senegal decisa ad avere un figlio al più presto. Ora mi occorre un padre. Uno bravo e perbene. Un padre che se muoio e gli lascio il bambino posso stare tranquilla. Jacopo non sarebbe andato bene. Troppo incasinato. Ermanno nemmeno: superficiale.

Quelli così dipendenti dai piaceri sono esseri inquieti, hanno sempre bisogno di qualcosa perché non hanno un centro loro.

Non sarà facile trovare il padre giusto, ma lo troverò. Giusto o sbagliato, devo avere un figlio.

31

«Ho visto Santiago, a Parigi.»

Adriana mi chiama a casa, non sul cellulare. È l'unica che lo fa, e quando suona il telefono di casa so che è lei o qualcuno che chiama da scuola delle bimbe per dire che hanno la febbre o il vomito.

«Alessandro Santiago? Ma dài. Dove? Ti ha riconosciuta?»

«Mi ha vista una volta sola, quindici anni fa, figurati se mi riconosceva. Era in un bistrot, nel Marais, con una donna altissima.»

«Capelli lunghi neri? Bella?»

«Sì.»

«È Maria, sua moglie. Com'era lui?»

«Grasso. Avrà preso venti chili. Ma in faccia è uguale. Aveva il faccione anche prima.»

«Ma gli hai parlato?»

«Sì.»

«No, stai scherzando? Gli hai parlato davvero? Ma se non lo conosci!»

«Volevo essere sicura che fosse lui. Gli ho detto che sono tua amica.»

«Sei pazza.» Mi batte il cuore. «Si ricorda di me?»

«Eccome. Ha fatto un gran sorriso. Mi ha chiesto come stavi, quanti figli hai. Ha visto i tuoi film. Anche la moglie ti conosce.»

«Lo so che la moglie mi conosce. Mi piaceva quasi più di lui. Una volta abbiamo parlato tutta la sera.»

«Non me l'hai mai detto.»

«È stato tanto tempo fa.»

«Che voce, hai. Ti piace ancora Alessandro?»

«Come idea. E poi l'hai detto tu che è uguale.»

«Uguale in grasso.»

«Lo sai che mi piacciono i grassi.»

«Sei scema forte.»

«Dimmi bene che faccia ha fatto quando gli hai detto di me.»

«Bella. Una faccia bella. Ha sorriso. Ai tempi, secondo me, gli piacevi anche tu.»

«Veramente mi stava alla larga.»

«Per fortuna. A me non mi ha mai convinto, il tuo guru.»

«Macché guru. Ti saluto che devo portare le bambine dal dentista. Grazie, eh.»

«Ciao ciccia.»

«Ciao, baci.»

Con Alessandro, una volta abbiamo fatto l'amore.

Io ero appena tornata da New York. Lavoravo sempre, dormivo poco. Mi era venuta la tonsillite, una di quelle brutte di quand'ero ragazza. Abitavo in via Paolo Sarpi, da sola, e una notte, con la febbre alta, ho avuto un'allucinazione, come Peredonov.

Ho visto mio padre, sul muro di fronte al letto. L'ho visto veramente. Era come un fuoco fatuo, un fuoco azzurro, ma non stava bene. Era arrabbiato con me. Sapevo che era la febbre a farmi stravedere, ma mi sono spaventata lo stesso. La mattina dopo ho chiamato Alessandro. Non ci sentivamo da mesi, è venuto subito.

Per una volta, non ho fatto la spavalda. Quasi non ho parlato. Mi ha visitato, mi ha detto di prendere il Mercurius. Quando mi è passata la febbre, l'ho chiamato ancora. Ho detto solamente: «Puoi venire? Sto meglio».

È venuto, abbiamo parlato un po'.

Poi abbiamo fatto l'amore sulla moquette del soggiorno, per terra. In silenzio, come un rito che non si può più rimandare.

Dopo, mi ha preso con le mani l'avambraccio destro e si è messo a fissare il neo che ho sopra al polso: «Sembra un'isola» ha detto. «Come te.»

«Perché sarei un'isola?»

«Stai là in mezzo, da sola.»

Ho capito perché lo amavo. Lui è come me. O tutto o niente. Nel nostro caso, niente.

«Non posso sposarti» ha detto. «Anzi, non voglio.»

«Perché dici così? Non voglio mica sposarti.»

«Sì che lo vuoi. Tu vuoi sposarti e avere dei bambini. Ma noi non siamo adatti, Eugenia: non sento la storia.»

Io ancora non lo sapevo, di volere dei figli, lui invece sì. Sapeva tutto di me, Alessandro. Ci siamo rivisti sei mesi dopo, all'uscita di un cinema d'essai dove c'era una rassegna su Fassbinder. Era con una donna alta e bruna, molto bella. Io ero da sola.

Lei si chiamava Maria.

Mi ha baciato con calore sulle guance, come se ci conoscessimo già. Mi ha invitato ad andare con loro in un centro sociale lì vicino. Abbiamo bevuto una birra e commentato *Querelle de Brest*, che da ragazza era il mio film preferito, e che quella sera avevo trovato un po' datato.

«Meno male, Eugenia, si vede che stai crescendo» ha detto Alessandro.

«*Each man kills the things he loves*» si è messa a canticchiare Maria, imitando la voce roca di Jeanne Moreau nel film.

Maria è bella e spiritosa. È argentina, di Buenos Aires. Mentre Alessandro parlava con un suo amico incontrato al bar, mi ha raccontato a bassa voce, senza mai smettere di sorridere, una storia terribile, di carcere e torture. Quando è riuscita a scappare, sei anni fa, è venuta in Italia.

«Non ho avuto le mestruazioni per due anni» ha detto, sempre sorridendo.

Il dolore di Maria è adulto, non come il mio. Alessandro ha trovato una causa più nobile di cui innamorarsi.

Dopo quella sera non ci siamo più visti. Chi mi avrà detto che erano andati a stare in Francia? Ricordo di aver pensato che ero contenta per loro. Mi piace Maria, così malinconica. E con i titoli per esserlo, non come me, che mi sento un personaggio drammatico solo perché mi sono morti padre e fidanzato a poche settimane di distanza.

Non è stata colpa mia se sono morti, anche se l'ho pensato per vent'anni. In fondo, non è stata colpa mia.

32

Con Pietro ci siamo sposati al lago.

Quel giorno pioveva, diluviava anzi, e a me il lago non piace, ma non è stato un brutto matrimonio. Ci ha sposati un assessore ex democristiano. Non l'abbiamo scelto noi, è capitato per caso, come tutto quel giorno. Eravamo in dodici, compresi i testimoni: Adriana per me, Marco, il fratello indiano di Pietro, per Pietro. Poi mia madre, Luca, il suo compagno Santino, l'altro fratello di Pietro Giovanni, sua madre, sua nonna con la badante e Rosa. Dodici persone in tutto. Tredici con Lucia nella pancia.

Il padre di Pietro era in Sudafrica, a un congresso. Le nostre due madri si sono incontrate, per la seconda volta in vita loro, davanti al municipio, con un gran sbattere di ombrelli: la prima volta si erano viste in ospedale quando è nata Rosa.

Si stanno blandamente simpatiche, le due, ma non hanno niente da dirsi, a parte criticare me. Troppi anni di differenza: la madre di Pietro l'ha avuto a vent'anni, la mia a quaranta.

Gliel'abbiamo detto un mese prima, che ci sposavamo. Abbastanza perché la madre di Pietro ci avvisasse di non contare sulla casa del lago per la festa, perché il padre di Pietro doveva studiare e non poteva essere disturbato.

La madre di Pietro vive per il padre di Pietro, e il padre di Pietro vive per il morbo di Pompe, una malattia rara della quale è uno dei più grandi esperti al mondo. Così, anche se avevamo deciso di sposarci al lago perché c'era la casa grande, alla fine non abbiamo invitato nessuno.

Pietro è fatto così: lui non chiede niente. Accetta senza ringraziare quel che gli viene dato, se no rinuncia, fa il superiore o lo è veramente, non l'ho capito ancora.

Quando ho provato a chiedergli: «Ma se tuo padre è in Sudafrica come facciamo a disturbarlo?», si è limitato a dire: «È casa di mia madre. Decide lei».

Ormai avevamo chiesto al comune di Milano il permesso per sposarci a Orta, e a Orta ci dovevamo sposare. Anche senza festa.

Adriana era l'unica invitata che non fosse parente stretta, dal momento che Santino è per tutti il cognato. Le abbiamo fatto fare la fotografa, oltre che la testimone. E la baby-sitter di Rosa, perché le due nonne erano troppo impegnate a interpretare i loro personaggi per badare alla nipote.

Mia madre faceva l'offesa perché invece di una bella festa avevamo imbastito quel matrimonio scombinato. E soprattutto perché era emozionata, e quando si emoziona, per darsi un contegno, lei si arrabbia. Mio fratello fingeva di sgridare mia madre, ma in realtà doveva sfogare l'irritazione che gli provoca la famiglia di Pietro.

La madre di Pietro faceva la distratta, quella che i matrimoni sono una stupidaggine e noi due ridicoli a sposarci a trent'anni suonati, per non dire sciocchi borghesi. Lei da ragazza era di Potere Operaio, e si sente sempre molto di sinistra. I suoi tre figli la chiamano per nome: Franca.

Dopo la cerimonia, durata cinque minuti, siamo andati a pranzo in un ristorante umido e triste sul lago. Pioveva e pioveva. Abbiamo bevuto, riso e mangiato un luccio che sapeva di fango.

Io, soprattutto, ridevo troppo. Pietro sembrava più sereno di me, che dopo il terzo bicchiere ho cominciato a dire a tutti: «Sposarsi non ha senso», sghignazzando.

Lo penso davvero, non so perché ho voluto sposarmi.

A Pietro l'ho chiesto io, l'anno dopo che è nata Rosa. Era la vigilia di Natale, mi è venuto d'istinto: ho sempre riflettuto troppo poco prima di parlare.

Pietro ha fatto una faccia vaga che non mi è piaciuta e non gli ho parlato per due giorni. Abbiamo passato Natale e Santo Stefano senza rivolgerci la parola, per il solito meccanismo secondo il quale lui si offende se io mi offendo, invece di sdrammatizzare o rassicurarmi. Ogni volta che mi arrabbio, si arrabbia anche lui, senza nemmeno chiedermi cos'ho. Da soli siamo due persone di buon senso, ma in coppia diventiamo infantili e tiriamo fuori il peggio l'uno dell'altra.

Due mesi dopo, una sera che avevamo appena finito di rivedere *Come eravamo* con Robert Redford e Barbra Streisand in televisione, ha detto: «Dove ci sposiamo?». E abbiamo cominciato a discutere di dove e quando, senza mai parlare del perché, sul quale forse c'era poco da dire.

Io, che mi credo tanto intelligente, probabilmente

non lo sono, se non riesco a capire mai niente prima di sperimentarlo di persona.

Dopo il pranzo, la nonna è voluta tornare subito a Milano con Ljuba, la badante. Alla nonna non piace la villa di Orta, regno di Franca, come non piace a me.

Noi, dal momento che continuava a diluviare, siamo andati a casa. Franca ci ha preparato un caffè in cucina. Mia madre e mio fratello, cercando il bagno, si aggiravano sconsolati per i saloni inutilizzati, borbottando: «Alla faccia dei comunisti».

Franca si è messa a discutere di politica con i fratelli di Pietro, gridando. Rosa mi si è addormentata in braccio dopo un attacco di acetone, e l'abbiamo messa nel lettino, in camera nostra. Adriana, cercando di smacchiarsi l'abito di seta verde rovinato dal vomito di Rosa, mi ha guardato e ha detto: «Potevi almeno andare dal parrucchiere, però».

In effetti, non avevo fatto grandi preparativi per il matrimonio. Mi ero lavata i capelli da sola e avevo messo una camicia bianca e una gonna a trapezio finto Prada, color sabbia, comprata due giorni prima in un negozio sotto casa. Se Santino non mi avesse portato, a sorpresa, un mazzolino di fiori azzurri, non avrei avuto nemmeno il bouquet. Mi ha salvato la pioggia: nelle foto di Adriana si vede solo l'impermeabile, un vecchio Burberry color ghiaccio.

Dopo aver bevuto il caffè, Pietro è salito su una sedia e ha cantato l'aria del Duca del *Rigoletto*, quella che fa "Questa o quella per me pari sono", tra gli applausi dei suoi fratelli.

Io, per non essere da meno, ho recitato *Il corvo* di Edgar Allan Poe in inglese, ma ho avuto meno successo. È piaciuto di più quando ho raccontato della prima volta che ho incontrato Santino.

Santino ha un difetto di pronuncia e dice la *effe* invece della *esse*. Quando si presentò – eravamo in un ristorante di Verona – avevo capito che si chiamasse Fantino. Quando al dolce mi aveva chiesto un autografo da mostrare ai suoi clienti fan di *Torno presto*, avevo scritto su un foglio: "A Fantino con affetto". Lui era rimasto un momento in silenzio e poi, sempre con la zeppola, aveva detto: «*F*cusami Eugenia, mi chiamo *F*antino, non *F*antino». Allora avevo capito, ma avevo sostenuto che "Fantino" mi era sembrato un nome tanto chic, e avevo corretto la *effe* in una *esse*.

Questa storia fa sempre ridere tutti, soprattutto Pietro, che la trova un esempio perfetto di quanto io sia illogica e sventata. Ha riso a crepapelle anche Franca.

In effetti, a me sembra sempre più plausibile quel che è tortuoso o complicato: quando avevo sentito il nome Fantino avevo immaginato un padre appassionato di cavalli, non mi era neppure passato per la mente di aver capito male.

Poi Marco, il cosiddetto fratello indiano, che in realtà vive nello Sri Lanka, ha mostrato le foto del barcone motorsailer con il quale tre mesi l'anno porta i turisti a vedere le balene, dal porto di Mirissa.

Dopo aver bivaccato anni qua e là per l'India, Marco si è fidanzato con Mandy, una biologa australiana incontrata sul delta del Gange, e insieme hanno aperto un internet café a Unawatuna, nel Sud dello Sri Lanka. Il locale di fatto lo gestisce Mandy, perché Marco, i tre mesi che non porta i turisti a vedere le balene, fotografa delfini.

Tra le foto di delfini e balene che ci mostra ce n'è una di Mandy davanti al bancone del loro bar, un po' balena anche lei, con le lentiggini, i capelli biondi ricci e un sederone stretto nei pantaloni verdi militari.

Marco dice: «È bella, eh? Ha smesso di fare la biologa per occuparsi del locale. È bravissima. Non è venuta al matrimonio perché deve starci sempre qualcuno, al bar. Verrete a trovarci voi».

La famiglia Lagrecacolonna è così: i maschi fanno quel che gli pare e le donne tutto il resto. È l'imprinting di Franca, che, nonostante sia stata una promessa dell'arpa tripla gallese, per non trascurare il marito che doveva poter pensare sempre e soltanto alla malattia di Pompe ha scelto di non lavorare. Franca, da quel che so, ha vissuto sempre all'ombra «del Paolo», come lo chiama lei. «Il Paolo ha bisogno», «il Paolo vuole», «il Paolo fa». Le rare volte che ci vediamo la sento parlare solo delle imprese, dei gusti e delle esigenze del marito, mai dei suoi figli, che sembrano interessarle poco.

La prima volta che mi hanno invitata sul lago era il compleanno «del Paolo»: compiva sessantacinque anni. Il Paolo è un bell'uomo con i capelli bianchi, brillante, distratto e completamente disinteressato al prossimo. A lui interessa solo la malattia di Pompe. Io avevo portato una bottiglia di champagne, e mi hanno guardata come se fossi cretina. Franca ha abbandonato la bottiglia sulla credenza di cucina, senza aprirla né metterla in frigorifero.

Gli invitati al pranzo di compleanno, oltre a Pietro e me, erano una coppia di Torino, un medico con la sua compagna, poetessa greca, che ha discettato per tutto il pranzo della «poetica del prenderlo nel culo».

Per non darle soddisfazione non ho fatto una piega, ma l'avrei strozzata tanto era patetica con la sua voglia ammuffita di provocare. Franca e la poetessa sono amiche, ma soprattutto sono amici i due maschi, dai tempi dell'università. Ogni agosto, da trent'anni, i quattro vanno in barca a vela in Grecia. Pietro e i fratelli, da piccoli, d'estate li lasciavano alla nonna: non li hanno mai portati in vacanza con loro. Né gli hanno mai permesso di invitare i loro amichetti nella casa sul lago.

Giovanni, l'unico normale dei Lagrecacolonna, anche se è nato senza un braccio, in un momento di silenzio ha tentato un «viva gli sposi!» che ha fatto trasalire Franca e chiazzare di rosso mia madre, che cercava di trattenere le lacrime dal mattino ma sul "viva gli sposi!" non ce l'ha fatta e ha pianto, abbracciata a Santino.

Prima di cena sono partiti tutti, e con nostro stupore Franca si è offerta di occuparsi di Rosa, se si fosse svegliata. Pietro allora ha proposto di andare in viaggio di nozze al cinema, in paese. Correndo troppo sull'asfalto bagnato ci siamo infilati in fretta nell'unico cinema, per scoprire che davano un film di Kieślowski, *Film Blu*, quello dove marito e figlia piccola di Juliette Binoche muoiono in un incidente d'auto.

Io non l'avevo mai visto ma Pietro sì, e a metà del primo tempo, dopo aver succhiato un pacchetto intero di gommose alla frutta, si è addormentato. Si è svegliato sui titoli di coda, stiracchiandosi, mentre io piangevo.

33

Una domenica di gennaio è morta la mamma.

Era a pranzo da Luca e Santino, si è alzata tra il primo e il secondo dicendo: «Vado un momento in bagno». Non tornava, sono andati a vedere. Era semisdraiata sul lettino della gatta Hatshepsut I, nella stanza vicina al bagno.

«Le avevo fatto le tagliatelle al sugo di piccione» ha detto Santino, piangendo. Mi ha telefonato lui, Luca non ce la faceva. L'ultimo pasto del condannato a morte: le tagliatelle al sugo di piccione erano il piatto preferito della mamma.

È morta per un aneurisma cerebrale, a settantatré anni, di colpo.

«Morte ideale» hanno detto in tanti. Morte ideale un corno. Non andavamo d'accordo, ma amavo mia madre. Poteva vivere ancora dieci anni, o venti, come la nonna di Pietro. Poteva godersi Rosa e Lucia, conoscere i figli di Hatshepsut I, andare a Venezia da suo fratello Ruggero, viaggiare, mangiare altri cento piatti di tagliatelle. Potevamo parlare.

Trentacinque anni è l'età giusta per cominciare a parlare con tua madre, non per perderla per sempre.

Al funerale non è venuto nessuno della famiglia di Pietro e mi è parsa una mancanza di rispetto: la mamma ci teneva alla forma, lo sapevano bene, imporre il loro sistema di valori spicci a un morto mi è sembrata una prepotenza.

Da Bari invece sono arrivati quasi tutti i fratelli di Santino: Domenico, Felice, Fortunato, Giuseppe, Nicola, Michele... A messa hanno fatto la comunione soltanto loro, in fila uno dietro l'altro, così eleganti in giacca e cravatta scura.

Con Luca ci siamo guardati, abbiamo sorriso di quella scena surreale. Il primo sorriso da fratelli, dopo tanto tempo.

Io avevo la pancia di nove mesi e stavo seduta sulla prima panca, accanto a Pietro che parlava poco, ma lo sentivo che c'era. Sentivo che non sapeva come dirmi quanto era dispiaciuto e preoccupato per me, che stavo per partorire: il termine era proprio quel giorno.

Al cimitero ho preso Luca sottobraccio. Mi ha dato un bacio in fronte, dicendo: «Adesso ho solo Santino e te». Retorico come sempre.

«E Domenico, Felice, Fortunato, Giuseppe eccetera?» ho risposto. Abbiamo riso.

In chiesa c'erano anche i vecchi amici del mare, i fratelli Diego e Massimo Cavallo di Cerea. Ingrassati, ma ancora belli. Diego, un ex fidanzato di Luca, era con la moglie padovana e due bambini biondi come lui. Massimo invece non si è sposato. Sapevo che aveva studiato Medicina ed ero convinta che facesse il chirurgo e giocasse a golf, invece mi ha raccontato che lavora con Medici Senza Frontiere.

«Go visto due volte *Torno presto*» mi ha sussurrato mentre mi abbracciava.

L'estate in cui Luca superò l'esame di maturità, e tutti tirarono un sospiro di sollievo, un sabato mi chiese se uscivo con lui e i Cavallo. Luca era ripetente, aveva già vent'anni, Diego Cavallo sedici e Massimo Cavallo diciotto: due biondi magri con le spalle larghe. Cavallo padre al mare aveva il motoscafo, a Cerea una ditta di mobili in stile.

Era il trenta agosto: i Cavallo sarebbero partiti il giorno dopo, fine delle vacanze. Io avevo quasi quindici anni e non ero mai stata in discoteca.

Non ci potevo credere che mi avessero invitato: da quando facevano la pista per le biglie sulla sabbia non era mai successo, anche se Diego Cavallo aveva solo un anno più di me. Luca non mi voleva tra i piedi e i Cavallo sapevano di dover scegliere: o lui o me. E sceglievano lui.

Eravamo partiti con due moto centoventicinque, io dietro a Massimo e Luca con Diego. Destinazione il Tropicana del Lido di Jesolo, discoteca sulla spiaggia con piscina. Con il vento caldo in faccia, stringevo i fianchi di Massimo e mi sentivo in pericolo, per la velocità e l'ignoto della notte. Una bella sensazione.

Arrivati al locale capii perché Luca mi aveva detto: «Capelli sciolti e sandali con i tacchi». Senza una ragazza finivi nella coda dei dannati ed entravi tardi, o non entravi mai. E più la ragazza era carina, prima ti lasciavano passare.

All'ingresso un tizio a torso nudo con il cappello da marinaio e i calzoni bianchi metteva a tutti un timbro sul polso, ma a me l'aveva fatto sulla gamba, per scherzare. Mi si era inginocchiato davanti, dicendo: «Ave, Maria», e togliendosi il cappello.

Diego aveva riso: «Piasela, la madonina». A quindici anni avevo i capelli lunghi fin quasi all'ombelico.

Luca mi aveva fatto sedere a un tavolo vicino alla pista ed era sparito con Diego. Massimo, vicino a me, guardava ballare una ragazza tedesca.

Mi ero alzata ed ero andata a fare un giro, curiosa di quel posto da grandi, anche se non mi sarei mai sognata di ballare *Disco Inferno* o roba così.

Poi li vidi, sui divanetti in fondo, dietro la piscina: un bacio con la lingua di quelli da film. Ero rimasta secca, non tanto perché Luca stava baciando Diego, ma per come lo baciava, piegato sopra di lui, con il braccio destro dietro le sue spalle e la mano sinistra che gli teneva il mento.

Io l'ho sempre saputo, che Luca è gay, ancora prima di capire cosa vuol dire essere gay. Lo sentivo e basta. In famiglia nessuno ne parlava ma lo sapevamo tutti. Non che la nostra fosse una famiglia così evoluta, anzi, ma Luca da bambino è stato talmente pestifero che il fatto che fosse gay è passato in secondo piano, credo.

Quando si era staccato da quel bacio hollywoodiano aveva visto che lo guardavo, e aveva sorriso. Un gran sorriso, bellissimo, dei suoi. Come uno che dice: "Sono bravo, eh?".

Io ero tornata da Massimo. Mi sentivo strana. Massimo Cavallo mi aveva preso le mani come se avessi avuto una calamita addosso, e forse l'avevo. Mi aveva portata fuori, sulla spiaggia: c'erano un'infinità di stelle. Si era steso sulla sabbia, accanto a una barca rovesciata, e mi aveva fatto sdraiare sopra di lui, accarezzandomi lentamente i capelli, la schiena, le gambe. Si era fermato lui, a un certo punto. Se era per me, facevamo tutto.

Il mattino dopo il funerale, alle sei, mi si sono rotte le acque e in meno di due ore è nata Lucia. I fiori che ci hanno mandato in ospedale sono finiti direttamente sulla tomba di sua nonna, tranne un mazzo di rose gialle senza spine che ho dato a Rosa quando è venuta a trovarmi, complimentandomi con lei: «Hai avuto una sorella bellissima, brava amore mio!».

Pietro pensa che la nascita di Lucia abbia stemperato la sofferenza per mia madre, invece è successo il contrario: mi sono nutrita di quel dolore.

Le prime settimane con Lucia sono state sospese e febbrili, dense di rimpianti e speranze. Mi inebriavo dei sentimenti assoluti e strazianti che sono la mia passione e ho così poche occasioni di vivere, fuori dal set.

Di notte, mentre allattavo Lucia, tornavo neonata anch'io, attaccata al seno di mia madre, e sentivo il suo odore.

34

Un giorno non ho resistito: «Dai tuoi genitori me lo aspettavo, che non venissero al funerale, ma da Giovanni no».

Pietro ha obiettato senza convinzione che Giovanni quella mattina aveva lezione. In teoria, Giovanni sarebbe quello sensibile dei Lagrecacolonna, il mio complice e amico. Ma la filosofia di Franca, che prevede la rimozione di ogni occasione di dolore, evidentemente ha plasmato anche lui.

Il braccio sinistro di Giovanni è una protesi identica a un braccio vero. Se non lo sai, che è finto, non te ne accorgi, a meno che non gli guardi la mano, ferma e innaturale.

Giovanni ha un anno e mezzo meno di Pietro e un anno e mezzo più di Marco: Franca li ha scodellati in scala, per ottimizzare tempi ed energie. Quattro anni, e si è tolta per sempre il pensiero di gravidanze e pannolini.

Quando ho incontrato Giovanni ho pensato di aver sbagliato fratello: era lui quello giusto per me.

Intanto è bello. Ha grandi occhi a mandorla da antico egizio. Porta i capelli sale e pepe cortissimi, quasi rasati. Ha gli zigomi alti, il naso dritto; la bocca e il mento perfetti risaltano come un'esplosione di bellezza nel suo viso. A me non piacciono i belli, ma la bellezza di Giovanni commuove, sembra lo specchio di un'armonia profonda.

Poi è intelligente, almeno come Pietro. E simpatico come Marco, ma più attento e gentile. Non è competitivo e polemico come tutti i Lagrecacolonna. Avessi avuto io due genitori così, distratti persino con un bambino senza un braccio, sarei arrabbiata con loro. Lui invece li tratta con un distacco allegro e paziente. Come se fossero loro i figli casinisti e lui il padre comprensivo e saggio.

Ci siamo conosciuti a Orta, la prima volta che Pietro mi ci ha portata. Franca e Paolo erano a un congresso a Mosca e in casa c'era solo lui, che insegna e vive nel paese vicino a Orta e va alla casa sul lago tutte le volte che vuole, fregandosene delle regole di Franca, che pretenderebbe di sapere in anticipo quando si va per concedere o meno il suo benestare. In questo modo Pietro non ci mette mai piede e Marco, dallo Sri Lanka, è tanto se manda una mail a Natale.

Giovanni stava mescolando il risotto con la mano buona, quando siamo entrati in cucina. Sul ripiano di marmo grigio accanto ai fornelli, aveva appoggiato un grande bicchiere di cristallo, con dentro tre dita di vino rosso.

Mi ha guardata e ha detto: «Il barolo non vale, eh? Da quando ho visto *Ore felici* mi sento in colpa ogni volta che bevo un goccio fuori pasto».

Pietro ha sghignazzato: «È la specialità di Eugenia far sentire in colpa gli altri».

E Giovanni, sorridendo: «Di sicuro non te».

Poi, rivolto a me: «Te l'ha detto, Pietro, che lui non ha l'inconscio?».

Me l'aveva detto.

Pietro è così sicuro di sé, o finge di esserlo, da sostenere di conoscersi alla perfezione e di essere perfettamente consapevole di ogni proprio desiderio o pulsione. In definitiva, di non avere l'inconscio.

Quella volta però ha mostrato un'insolita sensibilità, o insicurezza. Quando siamo saliti in camera mi ha detto: «Ah, senti. Una cosa: non tradirmi mai. È la sola cosa che ti chiedo».

Il discorso intimo più lungo e profondo che mi abbia mai fatto.

In effetti, il primo pensiero che ho fatto quando ho visto Giovanni non gli sarebbe piaciuto. È stato: "Come sarà fare l'amore con uno senza un braccio?".

Da allora mi sono impegnata a far fidanzare Giovanni e Adriana, ma i due non si piacciono. Forse si somigliano troppo, così pazienti ed equilibrati. Sono diventati amici, ma niente di più. Adriana ama i bellimbusti: maschi belli, giovani e un po' figli di puttana. Tipi con i quali non si fidanzerebbe mai. Dopo vent'anni che la conosco, ho capito che s'innamora di uomini improbabili perché in fondo preferisce star sola e non ha voglia di impegnarsi.

«Tu, Adriana, sei una nuvola» le ha detto Giovanni un giorno. «Eugenia invece è una montagna, un vulcano attivo.»

«Sì, e Pietro è un iceberg, tu un salice piangente e il mio produttore un porco» l'ho buttata in vacca io.

L'infatuazione per Giovanni è durata due ore. Non potrei mai stare con uno come lui: troppo sensibile, troppo femminile. Mi ispirerebbe sentimenti sadici, lo farei a pezzi. E non sarebbe gentile: già gli manca un braccio.

Per fortuna sto con suo fratello, la colonna di pietra.

Al funerale del padre di Santino, a Vico del Gargano, Pietro c'era.

35

Dopo che ci siamo baciati a Volterra, con Pietro è stato tutto veloce. Stavamo insieme solo da tre mesi quando gli ho proposto di fare un bambino: ha detto sì così in fretta che ho pensato accettasse per distrazione.

Mi sono applicata bene, come quando tengo a qualcosa. Tabella dei giorni fecondi alla mano, ho annunciato: «Questa sera», e il mese dopo ero incinta: la gravidanza più facile del mondo.

Alla fine del terzo mese, un pomeriggio di dicembre, ho cominciato a sanguinare. Ho telefonato al ginecologo che mi ha detto di chiamare un'ambulanza. Quando il medico del pronto soccorso mi ha visitata il battito non c'era più, il bambino era morto.

Mi ha spiegato: «Guardi, signora, è una cosa comune: succede una volta su cinque entro il terzo mese».

Perché nessuno mi aveva avvertita?

Mi hanno fatto il raschiamento. Sono uscita dall'ospedale il mattino dopo. Pietro era a Basilea per un lavoro, è rientrato in fretta per venirmi a prendere. Era silenzioso, ma lui non parla mai tanto.

Faceva freddo. Una di quelle giornate livide, in cui Milano gela.

Lì per lì, non ho reagito male. In qualche modo, i momenti drammatici mi riempiono sempre, belli o brutti che siano: a me è il nulla che uccide, tutto il resto trova sempre un senso.

Poi, però, ho cominciato a pensare di prendere un cane, invece di fare un figlio. Improvvisamente, avere un bambino mi è sembrato un rischio troppo grande: una cambiale di dolore in bianco. E se l'avessi perso ancora? Se fosse nato con qualche problema? Se si fosse ammalato, o fosse morto prima di me?

Forse era meglio un cane.

Pietro diceva sempre sì, sembrava gli andasse bene tutto.

Ho comprato un libro sui cani e stavo decidendo per un bulldog francese quando sono rimasta incinta di Rosa, non so nemmeno come. Pietro dice che l'ha fatto apposta, ma non gli credo.

Poi è nata Rosa, ed ecco Dio, lì con me, Dio che mi succhia il seno. Dopo due anni, è arrivata Lucia. Le bambine mi danno così tanta gioia che quasi non riesco a parlarne: è come se fosse troppa, per me, come se non me la meritassi del tutto.

Crescerle è faticoso, molto più difficile che fare film, e sono meno brava, ma è la cosa più importante che faccio, quello che mi àncora a terra, il senso che cercavo, per banale e primordiale che sia.

Non sarei stata capace di vivere, senza di loro. Sarei volata via, come un pallone troppo gonfio che spezza il filo: qualcuno mi avrebbe vista sparire in cielo e poi – puf – sarei esplosa, disintegrata nel niente.

Non che pensi di lasciare tracce sulla Terra – ricordo già poco io dei nonni, niente dei bisnonni –, in cent'anni, uno sputo di tempo, spariamo tutti. È il loro amore a tenermi qui: da sola, non so se sarei stata capace di volermi bene abbastanza per restare, per cercare di essere una persona degna, o almeno decente.

Vivere per cosa? Per il piacere? Che noia.

Il male sarebbe già un poco più interessante, un sentimento meno effimero, ma l'unico male accettabile è quello che possiamo fare a noi stessi, e non è un progetto vincente. La sola possibilità che abbiamo, quaggiù, è vivere per gli altri.

Io prego che il caso, o Dio, mi aiutino, come mi è sempre successo nella vita – in fondo sono una persona fortunata –, a trovare il modo di amare, quando le bambine non avranno più bisogno di me. Ho creduto di poterlo fare con i film, un po' forse lo faccio, ma ho bisogno di guardare negli occhi quelli che amo: miei salvatori, mie vittime.

Probabilmente non sono abbastanza umile, o non sono mai stata davvero abbastanza povera, oppressa o disperata, per riuscire a sopravvivere se non sento di servire a qualcosa.

Perché sono così? Mi avranno amata poco? Male? Troppo?

Probabilmente mi hanno amata troppo e male, e sono diventata una persona viziata, che non riesce a vivere se non rischia di morire almeno una volta all'anno, se non stringe tra le mani ogni giorno le prove che la vita è reale: il dolore, i conflitti, la malattia.

Pietro e io siamo incompatibili, ormai l'ho capito. E innamorati, o non saremmo rimasti insieme dieci anni, per come ci stiamo antipatici. È un matrimonio combinato male, il nostro. Chissà come sarebbe stare con qualcuno che sente quel che senti tu. Che al mattino ti chiede se hai dormito, se stai bene, che ti tiene stretta. Io mi sveglio sempre prestissimo, e ascolto Pietro ronfare. Quando si alza, se dico che ho dormito male – lui non me lo chiede mai –, fa un sorrisetto come dire: "Ecco la solita", e qualche volta mi fa una carezza. Ma non è una carezza spontanea, quelle gli vengono soltanto se sono di buon umore, se sto cucinando senza sbuffare o facendo i fatti miei. Allora mi sfiora i fianchi passando, leggero, canticchiando tra sé.

Chissà perché ho deciso di lasciare il Conte? Non lo ricordo bene. Non è stato per sopravvivere: c'entrava un libro. Non riuscivo a leggere, non mi sentivo più io. Sarebbe vivo, se non l'avessi lasciato? O sotto la coperta elettrica ci sarei stata anch'io?

Morire di sicuro è più riposante che vivere. Ma vivere è bello. Anche solo per un istante.

Soprattutto per un istante.

36

Esco di corsa. Lucia finisce alle quattro e mezzo, sono in ritardo. Mi stavo appisolando sul divano, con il sole che entrava dalla finestra aperta e il gatto addosso.

Stanotte non riuscivo a dormire, come se avessi preso troppi caffè, anche se non ne avevo bevuto nessuno. Mi sembra di aver passato la notte intera in uno stato di dormiveglia, febbrile ma non spiacevole. Come quando con il Conte stavamo sotto la coperta elettrica, né addormentati né svegli.

Stamattina alle otto ho accompagnato a scuola Lucia, poi sono andata da Girani. Hanno accettato di girare in Francia, come volevo io. Girani è rozzo, ma sembra leale. Dice che gli piace come lavoro e finora mi ha dato fiducia su tutto: vedremo. Comincio a giugno, sono solo sei settimane di riprese.

Ho pranzato con Rosa, che è a casa con l'otite. Per festeggiare, le ho preparato un panino con il ketchup e l'hamburger invece di pasta e insalata. Era contenta, mi ha detto che le piace Tommaso Costa della quinta C.

Volo giù per le scale. Non so se prendere la bicicletta, forse ci metto più tempo ad aprire e a chiudere la catena con il lucchetto che a fare una corsa a piedi.

Sono solo le quattro e venti, Lucia esce tra dieci minuti e ci vogliono sei minuti per andare alla sua scuola, ma mi viene l'ansia se non arrivo in anticipo, prima che apra il portone.

Oggi è una bella giornata, c'è il sole. Stanotte ha piovuto un po' e l'aria è trasparente. Il cielo sopra ai platani è azzurro, con qualche piccola nuvola bianca, fatta a forma di nuvola disegnata, perfetta. Le foglie dei platani sono verdi, i tronchi grigio splendente.

Vicino alla siepe di ligustro che costeggia il marciapiede c'è una bellissima lumaca. Non ho mai visto una lumaca a quest'ora del pomeriggio. Le rare volte che a Milano vedi una lumaca, di solito è mattino presto e ha piovuto tanto.

Dopo la lumaca incontro il cane dei vicini, Demian, un carlino nero, al guinzaglio della cameriera filippina. Demian mi piace molto, gli faccio sempre le feste quando lo incontro sulle scale o in ascensore. La sua tata dice che è un pigrone e che deve trascinarlo fuori perché lui vorrebbe sempre stare in casa, accanto al termosifone. A me sembra bello e simpatico, mentre Pietro lo trova orrendo.

Lo guardo negli occhi tondi e gialli, e lui ricambia lo sguardo. Mi sembra che ci capiamo.

Ancora un incrocio e sono arrivata. Sento vibrare il telefono nella tasca dei pantaloni e lo prendo mentre attraverso sulle strisce pedonali. Il messaggio dice: "Vuoi venire sotto l'ulivo?".

Ma quale ulivo? A Milano ulivi non ce ne sono. Sarà qualcuno che ha sbagliato numero.

L'autobus l'avevo visto, ma sembrava più lontano. Invece è qui.

Riapro gli occhi. Come sono stanca. Ho dormito?

Come si sta bene. Sono sdraiata in mezzo alla strada. Non sento male da nessuna parte. C'è un autista dell'Atm in piedi accanto a me, che guarda giù. Sembra fissare qualcosa sotto la mia faccia. Ha un brillantino al lobo dell'orecchio, i riccioli biondi, gli occhi azzurri. È abbronzato. Di fianco a lui c'è una signora con i capelli grigi, magra, con un bel taglio a caschetto. Con una mano tiene un sacchetto giallo dal quale spunta un grosso mazzo di basilico. Mi viene in mente una filastrocca del sussidiario delle elementari: "La pigrizia andò al mercato / ed un cavolo comprò. / Mezzogiorno era suonato / ed a casa ritornò".

Mi è sempre piaciuta quella filastrocca. Da quando l'ho letta associo i cavoli al riposo. E mi ha sempre fatto ridere. Cosa cucini? Un bel cavolo! Tiè.

La signora mi sta guardando con gentilezza, inclinando il mento. Si sporge un po' sopra di me e il ciondolo che porta al collo, una stella a sei punte d'oro rosso, mi danza davanti agli occhi per qualche istante.

Dice qualcosa al tranviere, scuote la testa, ma non capisco le sue parole. Mi sembra di sentire il profumo del basilico. Com'è buono. Come sto bene qui.

Però adesso devo dormire, perché sono stanca. Mi lascio andare. Chiudo gli occhi.

37

C'è una gran luce sopra di me.

Attorno, molto verde.

Pareti verde pallido, uomini verde erba.

Dove siamo?

Al mare.

I miei genitori sono partiti. Sandra e io abbiamo fatto il bagno di notte, con gli amici di Luca che non sono andati in Grecia con lui. L'acqua del mare era calda, i granchi ci pizzicavano i talloni. Dopo, siamo andate a prendere il pane appena sfornato e Sandra è venuta a dormire da me. Prima di andare a letto, abbiamo mangiato il pane caldo con la maionese. Eravamo così stanche che siamo andate a dormire con il costume umido addosso.

Ora sono sdraiata su una superficie dura. Un uomo in camice verde, con gli occhiali cerchiati d'oro che spuntano tra la mascherina e il cappello di stoffa verde, mi dice: «Stai tranquilla non è niente respira dentro questo tubo». Respiro e mi addormento.

Quando mi sveglio, sono in una stanza d'ospedale. Conto altri cinque letti, tutti liberi tranne quello di fronte al mio. Il soffitto è alto. Dalle veneziane semichiuse filtrano lame di sole gialle che illuminano la stanza. Seduto su una sedia accanto al mio letto, c'è mio padre.

Sorride. Gli chiedo dove sono. Risponde: «Ti hanno operata d'urgenza. Ti sei svegliata urlando e Sandra ha chiamato un'ambulanza. Poi ci ha avvisati e siamo tornati».

I genitori di Sandra erano a Vienna con i miei. Ci avevano lasciate sole per la prima volta da quando siamo nate. Un viaggio di tre giorni, per spezzare la monotonia dell'estate.

Dico: «Chissà la mamma». Risponde: «Eh, insomma. Basta che stai bene».

Poi, un po' esitante, mi racconta che il chirurgo mi ha aperto la pancia pensando fosse una gravidanza extrauterina. Un taglio di venti centimetri al basso ventre, ecco perché tira tanto laggiù. Aprendo, hanno visto che era peritonite. Morale: se una ragazza di sedici anni arriva in costume da bagno al pronto soccorso, all'alba, senza genitori, non può che essere incinta, come nell'Ottocento. Mi è andata bene che non mi abbiano tolto una tuba, per errore.

Penso che ora mio padre sa che non sono vergine. Ma sembra così felice di vedermi viva.

È bello stare in ospedale. Fa fresco, i muri sono grossi, si sta bene all'ombra. Si sente ronzare il caldo di agosto fuori dalle finestre. Il verde del camice che mi hanno dato dona all'abbronzatura. Dopo due giorni, posso alzarmi. Il terzo giorno viene a trovarmi Sandra con Diego, il suo ragazzo. Dice che dopo un quarto d'ora che dormivamo sono rotolata giù dal letto: «Urlavi "aiuto!". Mi hai fatto venire un colpo. Fortuna che Diego era via, se dormivo da lui chissà dov'eri, adesso».

Mi danno da mangiare cose buone. Il tè con i biscotti del mattino è una delizia, dolce e chiaro. A pranzo, pastina e mele cotte, a cena pollo lesso. Ho una pelle stupenda, vorrei nutrirmi sempre così.

Dopo cinque giorni, a parte i punti del taglio che tirano, sto bene. Chiacchiero con un'anziana a cui hanno tolto i calcoli. Mi racconta del marito, un aviatore morto in guerra come nei libri di Liala. «È brutto essere vecchi» sospira.

«È giovane, si riprende subito» ha detto il primario venuto a visitarmi con il codazzo di assistenti. La vicina di letto, la moglie di un pescatore di Chioggia che si è ferita un braccio, dice a mio padre che dovrebbe denunciare l'ospedale. Che hanno sbagliato diagnosi e mi hanno rovinato la pancia. Mio padre dice: «Eh, sì. Però l'hanno salvata».

La donna ha sei figli: vengono a trovarla tutti. Parlano in dialetto, gridano e bestemmiano allegramente. I due figli più grandi hanno vent'anni, sono gemelli. Si chiamano Iside e Osiride, sono bellissimi: hanno gli occhi azzurri, i capelli scuri e lisci con il ciuffo. Un giorno Osiride m'invita in giardino a fumare una sigaretta. È sicuro di sé: noto che ha gli occhi verdi – non azzurri – e il pacchetto di sigarette infilato nella manica rivoltata della maglietta.

Si accende una Camel, me la passa e dice: «Se mi sposi, ti compro la pelliccia».

Il giorno prima che mi dimettano, mio padre arriva con un regalo, un orologio d'oro. Perché? Non oso chiederlo.

Mia madre sentenzia: «È stato il pane caldo a farti male. Ti avevo detto di non mangiarlo mai. È molto indigesto».

La settimana dopo chiama mio fratello dalla Grecia. Il suo amico ha telefonato a casa e gli hanno raccontato che stavo per morire.

«Tutto bene, mostro?» urla. Si sentono voci e musica, è a Mykonos, forse in un bar.

«Sì, Luca, tutto benissimo» rispondo, ed è vero.

Passo il resto della vacanza al mare senza fare il bagno, la lunga cicatrice coperta da un nuovo costume intero da sirena. Sono magrissima, abbronzata e sopravvissuta. Mi piaccio. È una bella estate.

38

Mi sveglio. Guardo il soffitto. C'è una lampada al neon.

Sono sdraiata su un letto alto. Non posso muovere la testa né le gambe, provo a ruotare lo sguardo attorno. Mi sembra di essere in un corridoio corto, pieno di macchinari. La parete di fronte è coperta da una tenda bianca. A destra e sinistra altre tende: non riesco a vedere cosa c'è alle mie spalle. Mi fa male la gola. Ho un tubo in bocca. Provo a parlare, ma non posso, riesco solo a sbattere le ciglia. Entra un uomo giovane, calvo, con la barba nera lunghissima e un camice bianco aperto sopra una felpa giallo vomito. Si avvicina a me. È pallido. Sorride.

Mi addormento. Vedo i diavoli che mi vogliono uccidere. Un boss della droga mi ha ridotta in schiavitù: mi picchia forte per farsi ubbidire. Ho così tanta paura delle botte che farei qualunque cosa per non farmi picchiare.

Riapro gli occhi. Un'infermiera cinese mi sta cambiando il catetere. Mi fa male. L'infermiera parla: «Oggi togliamo». Respiro. Mi fa male la gola. Chiedo da quanto tempo sono lì ma mi esce un verso incomprensibile. Lei capisce lo stesso e risponde: «Quattlo giolni. Opelazione. Coma falmacologico. Ola gualisce».

Ola gualisco.

39

«Io ero sulle strisce.»

«Come, eri sulle strisce?»

«Quando mi ha investito il 58.»

«Vuoi dire che ti svegli dopo quattro giorni di coma e le tue prime parole, invece di "ti amo" o "ho visto un angelo", sono "ho ragione io"? E noi che speravamo tu fossi cambiata.»

Pietro ha la barba lunga. È gonfio in faccia. Ha una patacca sulla camicia. Sembra molto contento di vedermi.

Nota che osservo i suoi copriscarpe di plastica azzurra.

«Brutti, eh? Non volevo entrare pur di non metterli. Qui in rianimazione avete un gusto orrendo, te lo devo dire.»

Una volta mi ero chiesta se in circostanze drammatiche Pietro avrebbe perso la voglia di scherzare. La risposta è no.

«Le bambine?»

«Stanno benissimo. Mandano tanti baci. Adesso sono a casa della Franca.»

«Poverette.»

«Ecco, vedo che stai bene.»

«Ti amo. Ho visto i diavoli.»

40

Ultimo giorno in rianimazione. Il sufi con il barbone nero si chiama Massimo, siamo diventati amici. Gli ho detto che quando esco gli compro una felpa nuova. Mi ha operata lui, alla testa.

«Bella testa» mi ha detto.

E io: «Lo so».

Lui e Pietro parlano di cinema. Massimo è appassionato di Truffaut. Sua moglie l'ha lasciato per una compagna di scuola ritrovata su Facebook. Si erano baciate in terza media, in gita, e da allora non avevano mai smesso di pensarsi.

Chiedo a Pietro se i giornali hanno parlato di me.

«Eccome. Anche i telegiornali.»

«Dicendo?»

«"In coma Eugenia Viola, l'autrice di *La ragazza morta.*"»

«Davvero? Non di *Torno presto*?»

«No, gli tornava meglio con il coma, penso.»

Sono contenta. Mi chiamano sempre "l'autrice di *Torno presto*".

Pietro capisce cosa sto pensando e mi avverte: «Guarda che adesso scriveranno: "La regista di *Torno presto* torna dall'aldilà".»

Domani mi mandano in reparto. Mi ha detto Pietro che avrò una stanza da sola, con la finestra sul giardino. Mi ha raccomandata il professor Lagrecacolonna in persona, distogliendo per due minuti e mezzo l'attenzione dal morbo di Pompe.

Mi mancano le bambine: domani vengono a trovarmi, finalmente. Non voglio vedere nessun altro: finisce che devo intrattenerli, lo so com'è con le visite. Voglio solo Pietro e le bimbe. E salutare Adriana e Santino.

Fortuna che la mamma non c'è più, se no dovevo consolarla io. Luca e Giovanni odiano gli ospedali, di certo non verranno. E i Lagrecacolonna a queste cose – festeggiare le ricorrenze, visitare i malati, andare ai funerali – non ci badano.

Non avevo mai riflettuto sui vantaggi di avere suoceri poco sentimentali. Quando ero in coma, hanno tenuto le bambine allegre. Gliene sono grata.

L'infermiera cinese in realtà è coreana e si chiama Min-ji. Mi racconta che Pietro per quattro giorni è stato quasi sempre fuori dalla porta della rianimazione, sul pianerottolo della scala antincendio.

«Poltava bambine a scuola e veniva qui. Tutto il giolno!»

Pietro, interrogato su questo comportamento irrazionale, poco da lui, ha sostenuto che sul pianerottolo c'era un bel sole e un ottimo collegamento wi-fi per il portatile.

«Si stava una pacchia. C'era anche la Coca-Cola alla macchinetta del piano di sotto. Lattina e non vetro, ok, ma non si può avere tutto.»

Non gli ho creduto.

Mi tengono in reparto tre settimane. Miglioro in fretta, gli esami vanno bene.

Sto bene quando qualcuno si occupa di me. Le giornate scandite, le visite dei medici, niente da fare. Organizziamo un torneo di dama sul letto, con Rosa e Lucia. Santino mi ha portato dei libri: l'ultimo di Philip Roth, un bel Paul Auster che non avevo letto e *Foe* di Coetzee.

Vorrei restare qui per sempre.

41

Quando torno a casa Rosa è nervosa, Pietro gentile e Lucia insolitamente affabile. Io mi sento bene, come se avessi una forza dentro per fare le cose giuste, essere proprio io. Un io senza dolore.

Dopo due settimane è tutto come prima. Pietro sta troppo al computer, le bambine vedono troppa televisione, io mi preoccupo troppo di tutto. Solita vita. Anche se, a pensarci bene, in questi giorni sono meno impaziente.

Oggi sono andata a comprare una lampadina. Da quanto non avevo il tempo di uscire per commissioni? Sono anni che faccio vita militare: ogni minuto della giornata impegnato, tranne che in vacanza. Certi giorni, per mancanza di tempo, tenevo la pipì delle mezz'ore.

Tornando a casa passo davanti a un negozio di biancheria. Mi fermo, entro, scelgo due camicie da notte. La commessa è giovane e simpatica, sembra che ci tenga davvero a darmi una cosa bella. Scopro delle camicie stupende, di seta e cachemire, morbide e leggere. Sono francesi, dice la ragazza. Ne prendo due: una grigio perla e una bianca. Prima o poi devo comprarmi anche delle mutande belle, di seta. E buttare metà di quelle che ho.

Come vorrei dar via tutti i miei vestiti. Regalarli, o venderli e spedire il ricavato a frate Stefano, che mi scrive sempre. È una vita che ci penso, ma poi finisco per fargli un bonifico via internet, faccio prima. Mi piacerebbe svuotare gli armadi: sono pieni di vestiti che ho messo una volta e mai più. Molti me li hanno regalati e non mi piacciono: stanno lì appesi, prendono spazio, fanno disordine.

Non so dove tenerli, mi spiace buttarli via e Lisa e Adriana non hanno la mia taglia. Non sono abiti che puoi dare in parrocchia senza far irritare il prete. Ho anche un sacco di cose mai indossate, acquisti sbagliati. Roba che serve solo a farmi venire l'ansia quando c'è il cambio di stagione e devo appendere di sotto gli abiti estivi e di sopra quelli invernali. Ogni sei mesi faccio il lavoro infame di spostare i vestiti da sopra a sotto, e poi finisco per usare sempre gli stessi jeans e le stesse tre camicie.

Vorrei mettere a posto i cassetti, le fotografie, i libri.

Ho ancora tutte le cose della mamma negli scatoloni.

Ora che ho più tempo sono diventata pigra. Leggo, faccio la spesa. Vado dalla fisioterapista tre volte la settimana. Solo per rispondere alle mail, dare un'occhiata ai giornali, preparare la cena e star dietro alle bambine ti passa la giornata e non hai fatto niente. Chi l'avrebbe mai detto quanto è piacevole vivere così.

Ieri ho riordinato un cassetto. Uno solo, ma meglio di niente. E mi sono fatta dare il numero di un'agenzia per trovare una persona che organizzi la casa. Non la chiamerò mai, ma avere quel numero mi rassicura.

Sono andata al negozio di stoffe che mi ha indicato Lisa. Volevo far ricoprire la poltroncina dello studio, quella macchiata dalla pipì del gatto. Ce n'erano così tante che sono andata in confusione e ne ho ordinata una carissima, di lino giallo, che stonerà con il resto della stanza. Non sapevo che esistessero tessuti così. Quand'ero piccola e andavo dal tappezziere con mia madre, la scelta era tra il velluto senape e quello verdone. Al negozio di stoffe ce n'erano alcune con uccelli, tigri, fiori, belle da togliere il fiato. Ma se uno ha vissuto sempre di corsa non impara a scegliere le cose giuste da un giorno all'altro. Io so fare solo film, non so se sono capace di vivere diversamente, di godermi la vita, mangiare bene, essere disponibile con gli altri.

Dovrei andar via da Milano. Un cambiamento radicale che mi obblighi a ricominciare da capo. Ma dove? In Sri Lanka come il fratello di Pietro? A lui piacciono i delfini. Sul lago come Giovanni? Giovanni sta da solo, le bambine non le posso mandare a scuola in un paese di mille abitanti, alle medie si sparano. *Animum debes mutare, non caelum*... però il cielo è importante.

Ecco, forse mi basterebbe avere una stanza mia, in alto, che si veda il cielo. Mi basterebbe non dover discutere con Rosa e Lucia su come si vestono e cosa mangiano. E con Pietro su tutto.

Ieri ha accettato un lavoro del cavolo che lo farà stare via un mese. Praticamente gratis, solo perché a Oslo non c'è mai stato e l'idea lo diverte.

Beato lui, che fa le cose per divertirsi. Io non so neanche come si fa. Oppure mi diverto così, vivendo da fanatica, cercando di capir le cose e andare fino in fondo. Anche se, a volte, scopri che in fondo non c'è niente da capire.

Il mattino dopo il rientro dall'ospedale è suonato il citofono alle dieci: «Sono il fratello degenere». Luca autoironico è una novità.

È entrato in casa con il fiatone, anche se abitiamo solo al terzo piano, con una latta da cinque litri d'olio del Garda. Mentre il caffè usciva dalla moka gli ho mostrato il taglio dell'operazione, ma non è rimasto impressionato: «A te le mazzate hanno sempre fatto bene» ha detto.

Ha ragione. Però...

Abbiamo bevuto il caffè sul terrazzo, mentre Cesare Pompeo gli annusava l'orlo dei pantaloni.

«Sente l'odore di Prima. Sei sicura che sta bene questo gatto? Ha l'occhio velato. Gli dai le carote? Il riso? Vabbè, vabbè.»

«Vabbè cosa?»

«Tu non lo farai nemmeno alle bambine il riso, perché cuoce troppo lento.»

«Che cacchio stai dicendo, cerchi rogne?»

«Fai il riso?»

«Non gli piace il riso alle mie bambine.»

«Oh, che paura mi fai con quella voce grossa, vuoi menarmi?»

«Senti Luca, non mi sto lamentando perché non sei venuto a trovarmi in ospedale, rilassati però.»

«Che fai, mi psicanalizzi?»

«Vorrei solo che fossi meno aggressivo.»

«Senti chi parla, aggressivo io: chi è che chiamano Godzilla?»

«La piantiamo adesso?»

«Ooocheeei» fa, e sorride. Quando sorride Luca è uguale a com'era da ragazzo. È ancora bello, ma noto che ha i capelli più radi al centro della testa e sto per dirglielo, ma mi freno. Mi stupisco di me stessa: è la prima volta che mi rimangio una battuta, con Luca, ma improvvisamente ho pensato che anche se fa il bullo forse gli dispiace perdere i capelli.

Si alza e viene ad abbracciarmi da dietro alla sedia.

«La mia sorella stronza, come le voglio bene» dice.

«Anch'io ti voglio bene, faccia di cazzo» rispondo.

Stiamo così un minuto, lunghissimo, lui in piedi dietro di me e io che gli tengo le mani che mi ha appoggiato sulle spalle.

Quel pomeriggio, aggirandomi per casa, mi imbatto nella borsa nera della HBO, quella piatta e rettangolare con cui trasportavo i lay-out nella mia vita con i tacchi.

È su uno scaffale nello sgabuzzino delle valigie, grigia di polvere. Non l'apro da vent'anni. Ci avevo messo dentro le lettere di Alì, l'agenda che usavo a Londra, i quaderni del periodo del Conte e di quando è morto mio padre. Cose che non voglio rileggere. Soprattutto per paura di trovarmi troppo cretina.

Quella borsa si è fatta parecchi traslochi: l'avevo riempita quando stavo a Milano Due con Ermanno. In via Ariosto, nel ripostiglio della casa con il terrazzo, c'è stata quasi due anni. Poi mi ha seguita nel monolocale di Porta Romana, dove l'ho recuperata quando sono tornata da New York. In via Paolo Sarpi stava in cantina, magari dentro ci trovo qualche scheletro di topo. Quando con Pietro siamo andati ad abitare sui Navigli, l'ho messa in solaio.

Se Pietro leggesse le stronzate che scrivevo, sai come riderebbe. Per fortuna non è il tipo che va a curiosare nelle tue cose, soprattutto perché non gliene importa niente. È l'unica persona capace di non fare commenti se gli fai vedere una tua foto da bambina. Ci ho rinunciato, perché è insopportabile: gli mostri una fotografia delle elementari che a te spezza il cuore e lui la guarda e tace. Eppure ero così carina. Quando lui tira fuori certe foto con i suoi fratelli piccoli, tutti vestiti uguali con il montgomerino blu, io dico: «Belli», anche se lui era macrocefalo e Giovanni faceva senso, con la manichina annodata.

La borsa dei lay-out la incrocio ogni settimana, da quando siamo venuti ad abitare qui. Sta sullo scaffale dove tengo la sacca di judo di Lucia. Qualche volta penso di aprirla, ma ho troppa paura. Temo che ne uscirebbero cose lugubri, di cui mi vergogno. E stupide. Sempre che non ci siano davvero cadaveri di topi, là dentro.

Non c'è stato bisogno che Luca mi rinfacciasse i miei errori, perché li ho tutti dentro. Prendere la vita come ho fatto io da un certo punto in poi è da schifosi egoisti. E nella vita, più fai l'egoista più lo diventi. Non ho bisogno di andare a rileggere quel che scrivevo, per sapere quanto sono stata prepotente, egocentrica, quanto ho pensato solo a me, e in che modo contorto: almeno fossi stata un'egoista felice. Invece mi sono fatta la guerra, sola contro tutti e contro me stessa.

Però, magari, uno di questi giorni che sono a casa quella borsa la aprirò.

42

Mentre ero in ospedale ha telefonato Ruggero, annunciando una visita. Mi è sembrato avesse una voce diversa, ma forse era il telefono, oppure non me la ricordavo più.

Ho preso tempo: «Ti ringrazio, zio, ma ho ancora i punti da togliere, devo stare attenta... Preferisco venire io a Venezia quando sto bene».

Ruggero è il fratello minore della mamma: non lo vedo dal giorno del suo funerale, sette anni fa. Era arrivato in ritardo, al volante di una Porsche gialla.

Io ero incinta di nove mesi – Lucia ha visto il suo primo morto un giorno prima di nascere – e lui mi aveva guardato le caviglie: «Stai bene? Tua madre quando aspettava te soffriva di ritenzione. Con Luca invece era perfetta, mai avuto niente».

Dopo quel giorno ci siamo sentiti al telefono, ogni tanto. Una volta ci ha invitati a trascorrere il Natale a Venezia, un'altra nella tenuta di un suo amico, in Valpolicella, ma io trovavo scuse per non andare: Ruggero rimarrà sempre la persona che mi ha dato la notizia più brutta della mia vita nel momento peggiore, non avevo voglia di rivederlo.

Eppure, siamo stati amici. Quando aveva sposato la Kiki, una veneziana ricca molto più vecchia di lui, non si era stupito nessuno, tranne mia madre che era gelosa e non ha mai voluto vedere la casa che avevano comprato alla Giudecca.

Io, invece, a sedici anni, ero sempre da loro: prendevo il treno da Verona il sabato, dopo la scuola, e la domenica mi portavano in barca in laguna, a mangiare il pesce a Torcello. Quando faceva caldo cenavamo nell'altana sul tetto, all'aperto. Zia Kiki riceveva: non c'erano mai meno di dodici persone, a tavola con loro. Artisti di seconda categoria, mercanti d'arte, scrittori sfigati, il prefetto e sua moglie... nessuno della mia età. Non che mi mancasse: andavo lì per non uscire con i miei coetanei il sabato sera. Kiki costringeva la cameriera Volghiria ad arrampicarsi su per le scalette fino all'altana, illuminata da lampade a petrolio. Il mio compito era riempirle, prima di cena, e chiuderle bene perché c'era sempre aria, là sopra.

La Kiki posava da Peggy Guggenheim, con scarsi risultati perché era ignorante. Smisi di frequentarli quando capii quanto lo fosse davvero.

Una sera li sentii parlare di mio padre con il vicequestore. Ruggero lo chiamava «il cacciatore» e lei commentava: «Il figlio debosciato da qualcuno avrà preso». Io non ho detto niente, ma da quella volta a casa loro non sono più andata. Ruggero non mi ha mai chiesto perché: avrà pensato che ormai ero cresciuta.

Mio padre, prima che nascessi, aveva un grande amico. Io ho questo nome aristocratico che non mi somiglia grazie a lui, Eugenio Tenca.

Eugenio aveva un negozio di antiquariato vicino al Ponte di Pietra, e una volta all'anno lui e il babbo andavano in Inghilterra in macchina, per mercatini, in cerca di stampe antiche raffiguranti anatre e piccioni. Stavano via l'ultima settimana di agosto e poi mio padre parlava di quei viaggi per mesi. Cominciava sempre spiegando alla mamma che un professore d'inglese doveva trascorrere almeno una settimana all'anno in Inghilterra, per aggiornarsi, e lei rispondeva: «Sì, certo», e faceva la faccia di quella che la sa lunga, ma lo lasciava andare.

Una mattina di ottobre erano andati a caccia, alle pendici del monte Baldo. C'era già un po' di nebbia e il babbo, credendo ci fosse una beccaccia, aveva sparato a Eugenio, ferendolo a un piede.

Luca a quel tempo aveva due anni e non ricorda niente, mia madre non ne ha mai parlato, ma credo che quell'incidente abbia portato parecchi guai in famiglia – anche economici – perché Eugenio dovette curarsi e per un anno non lavorò. Mio padre pagò tutto. Poi guarì, ma non furono più amici come prima. Eugenio si allontanò, e credo che il babbo ci abbia sofferto.

Me ne ha parlato la sera prima di morire: «A Eugenio volevo bene» ha detto. O almeno, è quello che ho creduto di sentire. Parlava così piano.

43

Domani andiamo a Venezia. L'ho deciso sabato pomeriggio, all'improvviso: domani si va. Porto con me Lucia, che non ha mai visto la nonna: almeno conosce lo zio. Neanche Rosa ricorda la nonna, ma ha le foto insieme a lei da neonata, e le sembra di sì. E poi Rosa ha la festa della sua amica Sheba, quella che Lucia chiama «la sua amica scema».

Prendiamo il treno delle nove e mezzo, è domenica mattina. Lucia legge per tutto il viaggio, alzando gli occhi dai giornalini solo quando sostiamo nelle stazioni che riconosce, Brescia e Desenzano. Anche se – da quando è nata – a Verona andiamo solo due volte all'anno, prendiamo sempre il treno e ogni volta, quando passiamo davanti al lago di Garda, dice: «Che bello, peccato quelle brutte casette», proprio come faceva sua nonna.

Sedute di fianco a noi, una di fronte all'altra, due matrone settantenni non smettono di chiacchierare. Una ha i riccioli rossi puntati all'insù e una giacca a tre quarti rossa, l'altra una giacca uguale ma a scacchi bianchi e neri, e i capelli grigi. Entrambe indossano collane di pietre dure, occhiali e anelli d'oro. Parlano dei mariti defunti.

«Quando abitavo con i miei genitori, da ragazza, andavo a farmi i capelli in via Montenapoleone» dice riccioli rossi, «ma poi mi sono sposata e ho dovuto smettere, perché non avevamo soldi. Però, per non umiliare mio marito, gli dicevo che mi ero stufata di quel parrucchiere.»

Giacca a scacchi annuisce: «Anche noi eravamo poveri, appena sposati. Mio marito studiava Medicina e ha cominciato a lavorare tardi. Era tanto severo, anche con i suoi pazienti. Ma così bravo, sapesse».

Lucia mi fa segno di avvicinarmi e sussurra: «Anche tu parlerai bene del papà quando sarà morto?».

Quando arriviamo alla stazione di Verona fa per alzarsi, ma le ricordo che oggi andiamo fino a Venezia.

«Ah, è vero» dice. «Di solito scendiamo qui.»

Mi vien da pensare che per metà della vita ho preso il treno da Verona a Venezia: Milano mi sembrava un posto lontanissimo e ignoto e non ci andavo mai; mentre per la seconda metà della vita ho preso il treno solo da Verona a Milano, e viceversa, e Venezia l'ho quasi dimenticata. Verona sta sempre là in mezzo, da sola, ferma, ma la mia vita cambiata mutava il senso delle distanze.

Lucia sbircia il paesaggio dal finestrino, cercando di non farsi notare. Quando viaggiamo le dico sempre: «Guardati intorno, molla "Topolino"», e non vuol darmi soddisfazione.

A un certo punto chiede: «Perché a sinistra è tutto piatto e a destra ondulato?», riempiendomi di tenerezza, perché è raro sentire Lucia dire cose da bambini: di solito parla come un adulto e ne sa più di me.

Spiego che l'"ondulato" sono i colli Berici, e che a Vicenza vedremo ondulato da entrambi i finestrini.

«E quelli là, più lontani?» chiede dopo, mentre ci avviciniamo a Padova.

«Quelli sono i colli Euganei, dove mi portava lo zio Ruggero a provare le sue macchine nuove quando avevo la tua età» le rispondo.

«Euganei è l'anagramma di Eugenia», mi spiazza. Eccola tornata grande: io non l'avrei mai notato.

Man mano che ci avviciniamo a Venezia sembra che la luce diventi più chiara e marina: chissà se è una suggestione o se è davvero la luce dell'Est. Mi viene in mente che quando andavamo al mare al Lido di Venezia, nella casetta dei nonni in via delle Meduse che abbiamo venduto quando è morta la mamma, certe mattine mettevo la sveglia per guardare l'alba sul mare. Le uniche volte che l'ho vista sorgere senza essere andata a dormire sono state quando tornammo da Jesolo in moto sul ferryboat con i Cavallo e la mattina che mi venne la peritonite.

«Alba tragica» aveva commentato mio fratello, per sfottermi, quando era tornato dalla Grecia e gli avevo raccontato com'era andata quella notte.

Alla stazione di Mestre Lucia fa la faccia di quando sta per mettersi a criticare, ma quando ripartiamo e appare la laguna, punteggiata da briccole di legno e barchette a vela, rimane a bocca aperta. Al mondo non c'è arrivo in treno più bello che a Venezia: dal finestrino di destra vedi i traghetti, da quello di sinistra le isolette minuscole, i motoscafi, le piccole barche di legno, la distesa d'acqua che abbraccia tutto.

«Dove vanno? Cosa sono quei pali di legno infilati nell'acqua? Perché ci sono tante gru?» chiede Lucia eccitata. È stata qui una volta sola, al festival del Cinema, ma aveva tre anni, non si ricorda niente. Oggi non c'è tempo, ma la prossima volta devo portarla anche a trovare i suoi bisnonni al cimitero, a San Michele.

Quando il treno si ferma al binario legge il cartello, raggiante: «Santa Lucia: si chiama come me questa stazione!».

Fuori dall'atrio, rimaniamo abbagliate dal sole. È una bella giornata, calda ma trasparente. Lucia si ferma sui gradini per allacciarsi le scarpe, guarda le gondole ormeggiate e fa quella che si sente a casa: «Come fanno questi a venire a Venezia con il trolley?» critica, guardando i turisti che scendono la scalinata arrancando.

«Arrivano dall'America e dal Giappone, visitano tutta Europa. Mica vengono in giornata come noi» li difendo.

Saliamo sul vaporetto che fa il giro largo e passa per piazzale Roma e la Stazione Marittima. Siamo schiacciate da un gruppo vociante di spagnoli, ma riusciamo ugualmente a trovare un affaccio per guardarci intorno: mi è sempre piaciuta questa zona caotica e poco leziosa di Venezia, con la questura, le costruzioni industriali, le chiatte che trasportano di tutto. A San Basilio è ancorata una gigantesca nave da crociera a sette piani e gli spagnoli la indicano dandosi di gomito.

L'odore della laguna mi è familiare e mi emoziona. Posso stare anni senza venire a Venezia – o andarci ogni giorno –, ma l'odore dell'acqua della laguna mi fa sempre effetto.

Lo zio Ruggero vive ancora alla Giudecca, dove abitava con la Kiki, che è morta l'anno prima di mia madre, in una casetta a tre piani vicino alla chiesa del Redentore. Scendiamo a Zitelle, la fermata dopo Redentore, perché voglio mostrare a Lucia la casa dei Tre Oci, e poi torniamo indietro a piedi.

La Giudecca è quasi deserta, come sempre: ci sono solo due studentesse americane in calzoncini corti, sedute di fronte all'ostello, che disegnano il profilo della fondamenta delle Zattere, e tre pensionati seduti al tavolino di un'osteria.

La casa dello zio ha un campanello con tre cognomi: il suo, quello di Kiki e uno che non conosco, un cognome inglese. Ruggero apre la porta al primo squillo e ci abbraccia. Prima Lucia, sollevandola da terra, poi me.

Ha settantadue anni e ha perso tutti i capelli. Ha un maglione blu. Fisicamente non lo trovo bene, ma il suo viso mi è familiare come se non avessi mai smesso di frequentarlo: i visi che ti stanno intorno quando sei bambino non li perdi più.

Inizia subito l'opera di seduzione di Lucia: le presenta il cane Boccadoro, prepara tramezzini al prosciutto e maionese, la interroga su quel che le piace leggere e va a prenderle chissà dove un pacco di "Topolino" anni Settanta.

Dopo aver mostrato la casa a Lucia mi invita a salire sull'altana. Fa strada sulla scaletta di legno e mi torna in mente quando portavo il vassoio con i piatti per aiutare Volghiria, più di vent'anni fa. Sembra che Ruggero mi legga nel pensiero, perché dice: «Povera Volghiria, schiava della Kiki. Da quando è in pensione ci stendo solo i panni, sull'altana, non ci mangio più».

La vista sul canale della Giudecca è abbagliante, uguale all'ultima volta che sono stata qui, con l'acqua color giada opaca che lambisce la fondamenta delle Zattere da San Basilio fino alla Punta della Salute e poi al campanile di San Marco.

«Quello è di un milionario russo» fa lo zio, mentre davanti a noi, tra gli strilli dei gabbiani, passa un veliero a sei alberi.

Lucia è rimasta a leggere i "Topolino" nuovi in soggiorno, con il cane che le morde i lacci delle scarpe.

«Si chiama Boccadoro perché mangia qualunque cosa, non c'entra con Hermann Hesse» ha detto Ruggero, anche se neanche per un istante avevo pensato che volesse citare Hermann Hesse.

Ci sediamo su una panca di legno, di fronte a un tavolo annerito.

«Sei sempre una ragazza, Eugenia» dice lo zio.

«Tu invece sembri un po' stanco.»

«Lo credo, ho il cancro. Prostata anch'io, proprio come tuo padre.»

Io sospiro e rimango in silenzio, ma mi esce uno sbuffo, più che un sospiro.

"Non ce la faccio" penso. "Non ce la faccio adesso."

Ruggero sembra seguire con lo sguardo un motoscafo, poi gira gli occhi verso di me e mi dice: «Eugenia, ho voluto vederti perché lo so che ho sbagliato».

Penso subito alla nostra conversazione la sera prima dei miei diciotto anni, ma non può riferirsi a quello.

Invece continua: «Non dovevo dirlo a te, della malattia di tuo padre. L'ho fatto perché volevo proteggere Luca – che è sempre stato difficile, da bambino – o tua madre, neanche mi ricordo: avevo pensato che eri la più forte e che per un po' potevi occupartene da sola. Invece eri giovane. Lo so cos'hai passato, mi dispiace tanto».

«Zio, non sai niente» cerco di fermarlo.

Non credo di riuscire a parlarne. O di volerne parlare. Ho il sole negli occhi, ho lasciato giù gli occhiali.

«Sì che lo so. Perché credi che tua madre ti abbia lasciato andare a Londra senza protestare? Sapeva che giri avevi, sapeva quasi tutto. Ti lasciava ogni giorno trentamila lire nel suo portafoglio: ti sei mai chiesta perché non si accorgeva che le prendevi?»

Che traffico c'è qui davanti: adesso sta passando una barca a vela con lo scafo blu, batte bandiera inglese. E un taxi di legno lucidissimo, con i vetri scuri, arriverà dal Cipriani.

«Perché mi dici tutto questo dopo tanto tempo?»

«Perché tu la perdoni, e mi perdoni.»

Non so se voglio sentirlo parlare così.

«Ma io l'ho perdonata da un pezzo» cerco di tagliar corto.

«E io? A me mi hai perdonato?»

Ruggero in questo momento mi fa tenerezza. Non soltanto per il cancro, ma per come è solo. Perché ha perso i capelli. Per il maglione che fa i pallini. E per come mi sta parlando, lui che mi sembrava tanto superficiale e pieno di sé. Vuol dire che anche per quelli così arriva il momento di fare i conti con se stessi? Oppure Ruggero non era superficiale come credevo?

«Le cose non hanno mai una causa sola, zio. Comunque mi fa piacere che mi hai pensato. Ti stai curando bene?»

«Non muoio. Io l'ho scoperto in tempo. Non come tuo padre. Lui... era un uomo così... poetico.»

Appena lo dice, mi viene da piangere. Così, senza preavviso. Non volevo, non avrei voluto, ma le lacrime escono da sole, tante, scomposte, sembra facciano a gara a chi arriva prima, si affacciano agli occhi e si buttano giù, mi invadono il viso.

Ruggero si alza e si guarda intorno cercando un fazzoletto, che non ha, e non ho neanch'io.

Poi torna a sedersi ancora più vicino. Non sorride e non mi tocca, mi guarda negli occhi.

Dice: «Sei sempre stata così severa con te stessa, Eugenia. Con tutti, ma con te di più. Quello che pensi sia stato egoismo era istinto di sopravvivenza. Dovevi nutrirti, hai cercato il cibo dove potevi».

Sta a vedere che Ruggero, che non mi frequenta da più di vent'anni ed è sempre stato un po' cialtrone, mi capisce meglio di quanto io capisca me stessa. Come fa a conoscere i miei sensi di colpa, ce li ho scritti in faccia? Spero di no. Forse ha visto *La ragazza morta* e ha intuito che il personaggio che si butta nel lago perché non ha salvato la ragazza sono io.

Oppure mi vuole più bene di quanto immaginassi.

Che generazione, la mia: a quarant'anni siamo ancora lì a pensare al male che abbiamo fatto o ci hanno fatto mamma e papà. Mi viene in mente la nonna Augusta, che ha allevato mio padre da sola. A quarant'anni era vecchia, serena e saggia. Non pensava mai a sé.

Però devo ammettere che mi sento meglio. Sto bene, qui. È vero che piangere fa bene.

Com'è banale la vita, e come è bella però.

Arriva Lucia con Boccadoro. Ha l'aria di sentirsi a suo agio, a casa di Ruggero. Chiede se possiamo pranzare all'aperto, sull'altana. Ruggero le risponde: «Straordinaria idea. Vado a metter su l'acqua per i bigoli. Vieni che ti do i piatti del servizio buono da portar su», e scende in cucina.

Mentre mangiamo i bigoli al cacio e pepe, con il sole che ci cuoce la testa e il vento che fa volare tovaglioli e piatti di carta – il servizio buono –, Ruggero chiede del mio lavoro. Ha visto tutti i miei film e dice che aspetta *C'era una pietra*, a gennaio. Rispondo che ho voglia di fermarmi per un po', forse per sempre.

«Non smetterai mai, rassegnati» mi dice.

«Perché pensi così?»

«Perché tu non diventerai mai cinica, resterai sempre fragile e sensibile e avrai sempre qualcosa da dire» risponde.

«Ma non ero forte, una volta, scusa? Adesso sono diventata fragile?» lo prendo in giro.

«Sei forte e fragile insieme. A cinquant'anni ero troppo scemo e troppo giovane per capirlo.»

«Giovane a cinquant'anni? Va bene che i maschi sono più lenti, zio, però...» sbotta Lucia, facendoci ridere. Sparecchiamo in fretta e portiamo giù tutto prima che voli nel canale.

A Lucia piace, Ruggero. Gli comunica solennemente che tornerà a trovarlo quando avrà dodici anni e potrà prendere il treno da sola.

«Allora ti aspetto tra cinque anni. Mi raccomando, senza tua sorella, che quella fa casino.»

Ha capito come prenderla: è un bambino anche lui e tra loro si intendono bene.

Dopo pranzo facciamo un giretto per le strade deserte della Giudecca. Lucia vede una grande scuola elementare, antica, e dice che le piacerebbe studiare lì.

«È la Duca d'Aosta, ha più di cent'anni. Ci andava anche tuo bisnonno Mino» le dice Ruggero.

Io non lo sapevo.

Mia madre non mi ha mai raccontato niente, dei suoi: so solo che il nonno Mino giocava al casinò e la nonna Ernestina minacciava sempre di lasciarlo. Vendettero la pensione per pagare i debiti e andarono a vivere al Lido alla fine degli anni Sessanta, poi sono morti a distanza di pochi mesi l'uno dall'altra.

«Io, se dovessero mettermi in prigione, vorrei stare qui» dico mentre passiamo davanti alla casa circondariale, decrepita e immersa nel verde.

«Sei fortunata: è un carcere femminile. Non so se te lo consiglio, però. Certo, insegnano a coltivare l'orto: non è la tua passione?» risponde Ruggero.

«Più o meno: era l'erbario, ma avevo undici anni, come fai a ricordarti?» mi stupisco.

Riprendiamo il vaporetto con un sacchetto zeppo di almanacchi di "Topolino" e un manuale delle Giovani Marmotte tutto macchiato. Ruggero sostiene che era mio, di quando ero piccola, e l'ha tenuto per ricordo.

«Tua madre leggeva sempre, come te. Era intelligentissima, e bella. Siete proprio uguali» le ha detto mentre uscivamo.

Mi aspettavo che Lucia facesse una delle sue smorfie disgustate, invece mi ha guardata e ha sorriso.

44

"Sdleng- sdleng- sdleng..." Quando mi telefona Pietro parte una suoneria di chitarra e Lucia si precipita a rispondere, anche se mette il viva voce per continuare a leggere mentre parla.

«Ciao papà!»

«Ciao amore, cosa stai facendo?»

«Leggo.»

«Siete a casa?»

«Sì.»

«E Rosa?»

«È andata dalla sua amica scema.»

«Sempre gentile. C'è la mamma?»

«È al computer, te la passo. Ciao papo.»

«Ciao bellezza.»

«Maaammaaa. Il papà da Oslo.»

«Ciao. Tutto bene?»

«Sì. Voi?» Pietro ha la voce bassa e stanca.

«Non trovavo più Cesare Pompeo. L'ultima volta l'avevo visto camminare sul muro del terrazzo e poi è sparito. Mi ero già fatta il film che fosse scappato e si fosse fatto adottare da un'altra famiglia. Anzi, ho immaginato che avesse un'altra famiglia da anni, al di là del muro, una famiglia che lo chiamava con un altro nome, e avesse scelto loro. Ero preoccupata» mi sfogo senza mai prendere fiato.

Questa faccenda del gatto mi ha rovinato il pomeriggio.

«E poi l'hai trovato che dormiva nell'armadio?» mi chiede a voce bassissima.

«No, sul nostro letto.»

«Ah, ecco.»

Pietro non fa commenti, ma è come se li facesse. Mi succede una volta al mese di credere di aver perso il telefono e chiamare il gestore per farmi bloccare il numero. Oppure di non trovare il portafoglio, o le chiavi di casa, e di cercare un fabbro per cambiare serratura o il numero per bloccare la carta di credito. Invece non ho mai perso niente.

Pietro non dice nulla, ma un paio d'anni fa ha appiccicato sul mio armadio con lo scotch una vignetta di Snoopy che dice: "Mia nonna sosteneva che puoi passare tutta la vita a preoccuparti di cose che non succedono mai". Meglio cambiare discorso.

«Voi norvegesi, come state? Fa freddo?»

«Macché, c'è il sole.»

«Il lavoro come viene?»

«Benissimo, ho quasi finito.»

A Pietro va sempre tutto bene. I suoi lavori sono sempre belli, e lui è sempre contento di farli. È raro che si lamenti di qualcosa.

«E quindi quando torni?»

«Domenica mattina. Ho l'aereo alle undici. Senti, si fa Magritte.»

«Come, Magritte?»

«Magritte, il mio film.»

«Magritte tuo? Quello che dovevano decidere i francesi?»

«Sì, mi hanno telefonato stamattina. La produzione vuole che inizi subito. Mi danno carta bianca.»

«E me lo dici così?»

«Come devo dirtelo? L'ho appena saputo.»

«Ma... cacchio... sono secoli che ci stai dietro. Non ci speravo neanche più. È fantastico! Complimenti!» mi agito.

«Sì, sì, son contento. Poi ti racconto. Adesso devo andare, ti chiamo dopo. Un bacio» mi saluta e riattacca.

Pietro lavora da anni a un progetto su Magritte. Da tanto di quel tempo che in famiglia è diventato una leggenda, *Magritte di Pietro*. E francamente non avrei mai pensato che andasse in porto.

È una storia strana, fatta di interviste a persone che hanno conosciuto René Magritte nel Sessantasette, in una fonderia vicino a Verona dove era andato a farsi preparare calchi di cera per le sue sculture. Sono eccitata, felice: Pietro farà Magritte.

Lui invece, oltre che al dolore, sembra impermeabile anche alla gioia. Non è mai euforico o disperato, come me, ma sempre moderatamente contento. A volte sospetto che sotto i suoi panni da Lebowski astemio si nasconda un moderno Krishnamurti. Se non ci fossi io a rompergli le scatole, Pietro sarebbe in pace con il mondo. *No Fear, No Hate, No Pain, No Broken Hearts*.

Alla fine ha sempre ragione lui: basta aspettare e le cose arrivano da sole. E se non arrivano, si vede che non dovevano arrivare.

Pochi minuti dopo la telefonata, un suo sms. C'è scritto: "Io non potrei vivere senza di te".

45

Ho smesso di pensare a *Camminare.*

Mi sono detta: ne riparliamo tra un po', ora voglio dedicarmi alle bambine, alla casa e alla salute. E a Pietro, che per una volta lavora più di me.

Vado a prendere Rosa e Lucia tutti i pomeriggi a scuola e le accompagno a judo, dai compagni o al parco. Oppure andiamo a far commissioni, o stiamo a casa a farci il solletico sul divano e poi prepariamo la cena. Non faccio più la spesa al telefono, ma vado di persona, e mangiamo più pesce.

Ho fatto gli esami di controllo al fegato che rimandavo da anni. Ma a ogni visita scopri che dovresti fare ancora un'altra cosa. Dovrei tenere un'ora ogni sera la borsa del ghiaccio sul polso, fare una ginnastica speciale per la colonna vertebrale, farmi fare un bite per la mandibola. E se poi mi decido a far dipingere le pareti e aggiustare le maniglie – come andrebbe fatto – non finisco più.

E se metto tutto a posto e poi muoio? Se quando muoio trovano le pareti dipinte e l'armadio in ordine, cambia qualcosa? Amo di meno mia madre perché ha lasciato i maglioni appallottolati nei cassetti? No. Semmai di più.

Mi è tornata la voglia di viaggiare. Siamo stati dieci giorni in Sri Lanka da Marco. Mandy è sempre più grassa ma sembra felice. Sembro felice anch'io, però, vista da fuori.

Il problema è che quando sono via non vorrei più tornare. Mi affeziono ai cibi, agli odori, ai colori. Ieri, passando in bicicletta sui Navigli, ho sentito un odore di riso al curry che mi ha commosso. Si stava così bene a Kandy, con la luna piena. E c'era quell'odore lì. Viaggiare è bello, ma che senso ha tornare?

Per come sto vivendo adesso dovrei abitare in campagna. Vedere gli alberi e il cielo. Avere un cane. Magari le galline.

La sera prima di partire, Mandy mi ha regalato uno scialle di cotone rosso, leggero. Lei, nonostante la ciccia, si veste tutta colorata. Abbiamo fatto un giro per le botteghe di Unawatuna con Osvaldo, il suo cane. È l'unico bastardo dello Sri Lanka con il collare, un bel collare blu. Ho comprato dei regali per Lisa e Adriana: anelli con una pietra che c'è solo qui, pietra di luna.

Ci conosciamo poco, con Mandy, ma le ho chiesto di punto in bianco: «Perché tu sei così contenta? Io trovo sempre un buon motivo per stare male». Osvaldo in quel momento ha alzato la zampa sulla ruota di un motocarro e il guidatore le ha sorriso.

«Hai mai provato a pensare che quel che non va... forse son cose di cui non ti importa davvero?» ha risposto. «Da quando l'ho capito, io sto bene. Non mi importa veramente di essere magra, avere un figlio o fare la biologa. Sto bene qui. Con Marco, Osvaldo e questa gente. Bisogna fare del proprio meglio per essere felici. *Take it easy*, Eugenia.»

"Bisogna fare del proprio meglio per essere felici": e certo, lo capisco anch'io. Il problema è che devi sentirlo, che è così, capirlo non basta. E poi bisogna vedere cosa rende felice te. Non siamo mica tutti uguali.

In ospedale ho fatto amicizia con un infermiere romagnolo, Aurelio detto Aure, strana combinazione di maschio alfa e guru new age. Aure è grosso come uno gnu, porta cerchi d'oro alle orecchie e i dreadlocks biondi raccolti in una larga coda di cavallo.

Quando ha sentito che a novembre compio quarantadue anni mi ha guardata negli occhi e ha detto: «Quarantadue è multiplo di sette. Sarà un anno di grandi cambiamenti: stai pronta, Eugenia».

Mi è piaciuto il modo in cui ha detto "stai pronta", anche se ho pensato che era una cazzata, quella del multiplo di sette. Mi sento pronta? Eccome. Anche se l'armadio non lo riordinerò mai, sono pronta. Lo sono sempre stata. Pronta per ogni grande impresa. È andare piano il difficile, per me, anche se l'ho capito persino io che se vai piano affiora un altro ritmo e tutto gira meglio.

Non si vive solo di grandi emozioni, meglio un poco per volta che tutto o niente. Guarda Pietro: ha sempre fatto quel che voleva, godendosi ogni giorno quel che gli piace.

A volte pensi che per cominciare a vivere davvero devi prima capire chi sei, fare le scelte giuste, mettere tutto in ordine: ma alla fine la tua vita sarà il modo in cui hai vissuto. Il modo in cui stai vivendo adesso.

Mi piace come ho vissuto fin qui? Più o meno. Si può cambiare? Non credo.

Si fanno sempre gli stessi errori. Però si soffre meno.

Epilogo

Stamattina sono andata a vedere l'appartamento sopra al nostro, che hanno messo in affitto. Mi piacerebbe salire di un piano e avere più luce, in attesa della casa in campagna. Purtroppo l'appartamento non va bene: archi, colonne, marmi, è incredibile che case brutte e pacchiane ci siano in giro.

Dal balcone ho visto casa nostra, di sotto.

Fa impressione vedere casa propria da un altro punto di vista: per una frazione di secondo non la riconosci, è estranea, sembra diversa. Ho guardato il nostro terrazzo, con le ortensie azzurre e le rose. È bello da qui. Ci sta bene anche il monopattino di Lucia buttato a terra, le dico sempre di metterlo a posto e non lo fa mai. E l'hula-hoop di Rosa appoggiato al muro: sembra un circo questo terrazzo.

La panchina di legno dipinta di verde, il tavolino arrugginito con sopra la mia tazzina da caffè preferita, quella di mia madre, con il bordino blu. Noto che non c'è nulla che appartenga a Pietro, lì fuori: non ci viene mai. Però ci sono le lampadine che ha messo quando abbiamo invitato a cena tutta la troupe di *C'era una pietra*, per festeggiare l'ultimo ciak. Ha fatto un bel lavoro, con quelle lampadine: Pietro sa fare tutto, se gli va.

Da quassù vedo per la prima volta cosa c'è al di là del muro del nostro terrazzo: un balcone quadrato, circondato da piante di geranio, con un dondolo smaltato di bianco.

Seduta sul dondolo c'è una signora bionda, in vestaglia. È chinata in avanti, sta versando dentro una ciotola rossa dei croccantini a Cesare Pompeo, che si strofina contro le sue gambe. Sento che gli dice: «Bello il mio Lillo, bello bello».

Ce l'aveva davvero un'altra famiglia, Cesare Pompeo.

Molte paure – grandi e piccole – possono avverarsi, prima o poi, ma la maggior parte delle volte non fanno male come temevi.

"Sei per sette quarantadue" ha detto Aurelio.

Io sono pronta.

Ringraziamenti

La prima persona che ha letto il *Karma*, quando ancora era una bozza informe, è stata Nora, che di cinema ne sa. Le ho chiesto se Eugenia era plausibile, come regista, mi ha detto sì. Antonio mi ha spronata: scrivi ancora. Poi Giulia si è innamorata di Eugenia, e ho cominciato a crederci davvero. Mia sorella Donatella e le mie nipoti Silvia e Annalena hanno approvato con fervore. Ma siamo parenti, quindi non ero proprio sicura.

Ho scritto, cambiato, limato, lavorato tanto. Un anno e mezzo in tutto, ma quante notti, quante albe, e che belle: è durato almeno tre anni, quest'anno e mezzo. Rosaria c'è stata sempre: cosa ho fatto per meritarmi tanta amicizia? Mi ha scritto cose su Eugenia e sulla voce del *Karma* che a volte, nei momenti di sconforto, andavo a rileggere.

I pareri più lucidi, ahimè, me li hanno dati due maschi, Luca e Adriano. Tre con Antonio. Senza quel che mi hanno detto, ma soprattutto quel che non mi hanno detto, il *Karma* non ci sarebbe. Ringrazio tutti, oltre Vera che mi sostiene sempre e Brunella per esistere, e Renata e Carla che fino all'ultimo hanno ragionato su quale fosse la copertina migliore, ancora più di me, che so di non sapermi esprimere per immagini. A me piacciono le parole stampate. Non mi succhiavo il pollice, non giocavo con le bambole, non ho fatto sport, ma è da prima delle elementari che quel che più mi emoziona, mi calma, mi avvince, sono le parole. La scrittura, e prima ancora la lettura. Suona pomposo ma è così.

Un ringraziamento particolare va a Marilena Rossi: senza la sua pazienza, la sua cura, il suo entusiasmo e la sua sensibilità né Eugenia, né il *Karma*, né io saremmo arrivati (quasi) vivi fin qui.

DARIA BIGNARDI

Non vi lascerò orfani

Questo libro, pur raccontando una morte, parla della vita. E dice che è sempre meglio dare che non dare, anche quando si sbaglia. Perché in una famiglia l'unica cosa che fa davvero male è l'assenza, mentre il caos e il calore delle esperienze condivise rafforzano le nostre radici e la nostra identità. Daria Bignardi scava nella memoria, dove nulla va perduto e si rivelano legami inattesi. Tutto – persone e luoghi – ha lasciato qualcosa. Tutto è storia individuale, di una famiglia, di un'epoca: tutto ha lasciato un segno e ci ha resi ciò che siamo. Ma ogni cosa gira intorno al rapporto complicato tra madre e figlia, che – come spesso accade – è fatto di trasporto e identificazione ma anche di bisogno di separarsi, di quella necessità di scrivere il proprio destino che spesso sta alla base dei conflitti. Con appassionata nostalgia, in equilibrio tra commozione e divertimento, Daria Bignardi racconta una vicenda dolce e ironica, affascinante come una foto in bianco e nero, viva come un abbraccio. La storia di un amore più forte dell'assenza, un racconto in cui sarà inevitabile per chiunque, pur nell'assoluta singolarità della voce narrante, riconoscersi.

Questo volume è stato stampato
presso Mondadori Printing S.p.A.
Stabilimento Nuova Stampa Mondadori - Cles (TN)

Stampato in Italia - Printed in Italy